김봉길 수필집

행복고수가 사는 세상

국립중앙도서관 출판시도서목록(CIP)

행복고수가 사는 세상 / 지은이: 김봉길. -- 서울 : 한누리미디어, 2015
p. ; cm

ISBN 978-89-7969-701-8 03810 : ₩13000

수기(글)[手記]
행복[幸福]

818-KDC6
895.785-DDC23 CIP2015032720

김봉길 수필집

행복고수가 사는 세상

한누리미디어

추천사

"하하하, 오늘은 내 생애 최고의 날이다. 하하하!"

참으로 긍정적이고 복을 만드는 웃음 & 행복 구호입니다. 우리나라에서 처음으로 웃음연구소를 만들어 웃음과 건강, 힐링과 행복을 전파해 온 지 벌써 20년이 됩니다. 행복고수 김봉길 님의 수필집 출간 소식을 듣고 오늘은 진정으로 전국을 누비며 함께 노래하며 웃어온 보람을 느낍니다.

《행복고수가 사는 세상》 출간의 단초가 웃음 세계와의 만남이었다는 얘기를 듣고 더없이 행복합니다.

2005년 한국전력공사 인천전력관리처에서 총무부장으로서 나의 웃음 강좌를 초청해 줬고, 지난 2008년 웃음치료 전문가 과정을 이수한 김봉길 연천지사장이 자신의 삶에 웃음철학을 녹여 흡수하고 숙성시켜 이 책《행복고수가 사는 세상》을 탄생시켰습니다.

독자 여러분은 이 책에서 보통 사람의 소소한 행복을 공유하게 됩니다. 일상에서 행복한 마음을 놓치지 않게 하는 행복선서와 행복헌장을 만납니다.

저자는 자신의 행복한 마음에서 피어나는 행복 팁을 이 두 가지로 정리하였습니다.

매일 아침 행복선서와 행복헌장의 한 줄 또는 한 조항만이라도 낭독하고 하루를 시작하시기 바랍니다. 행복리추얼을 만들어 행복고수의 길에 들어서시길 권합니다.

우리의 마음은 갈대처럼 바람에 흔들립니다. 그럴 때에는 '이 세상 그 무엇도 나의 허락 없이는 나의 행복을 빼앗아 갈 수 없다' 고 선언하시기 바랍니다.

웃음은 부작용이 없는 '만병통치약' 입니다. 안 좋은 일이 있을 때는 더 많이 복용해도 됩니다. 여러분 누가 뭐래도 웃으면서 행복하게 사시기 바랍니다.

"하하하, 지금부터 나는 행복을 선택한다. 하하하!"

2015. 11.

한국웃음연구소 소장 **이 요 섭**

차례 Contents

제 1 장
행복고수의 행복론

제 2 장

내 인생의 승부처, 직장 · 결혼 · 군대

차례 Contents

제3장

나를 행복하게 하는 것들

제4장

지금부터 더욱 행복하기

차례 Contents

제5장

내 고향 연천 이야기

제6장

산행 그리고 여행

프롤로그

오늘은 내 생애 최고의 날이다.

나의 닉네임을 '행복가득'으로 정하고 행복을 선택한 지 8년이 지났다. 나의 행복을 굳게 지키고(幸福 固守) 고수(高手)의 길로 나아가고자 닉네임을 업그레이드한 지도 3년이 넘었다.

'오늘도 나는 행복을 선택한다.'

이 구호는 웃음연구소 이요셉 소장이 전매특허(?)로 쓰는 멘트로 내가 웃음스쿨에 다니면서 목이 쉬도록 외치면서 외워 체화한 것이다. 웃음스쿨을 수료한 후 나는 미친 듯이 웃었고, 다른 사람들도 나를 쳐다보며 웃었다. 행복은 주관적이고 마음가짐에 달려 있기 때문에 당연히 선택의 문제라고 나는 생각한다.

그 후 내게도 힘든 시기는 찾아왔고 그 어려움을 겪으면서 보다 성숙해졌다고 생각한다. 고난의 때를 딛고 일어나는 숙성기를 거쳐 나만의 향기를 가진 행복고수가 됐다. 보기에 따라 행복망상증, 행복도취증 환자이다. 자기가 행복고수라고 명함에 새기고 다니는….

나는 38년째 우리나라에서는 물론 세계적으로 알아주는 전력회사 한국전력공사에서 일하고 있다.

한국전력공사는 미국 경제주간지 『포브스(Forbes)』가 발표한 '2015 포브스 글로벌 2000' 순위에서 전력회사로는 글로벌 4위이며, 아시아에서는 1위이다. 이는 매출액, 순이익, 자산, 시장가치를 종합 평가한 것이다.

이제 눈앞에 닥친 임금 피크와 멀지 않은 정년퇴직을 앞두고 많은 생각과 준비를 해 가고 있다. 그러면서 떠오르는 것들이 '나의 인생은 무엇이었나', '과연 나는 행복한가', '내 아내는 행복했을까' 이런 의문점들이다.

주마등처럼 스쳐가는 많은 생각들을 한 번 정리해 보기로 했다.

한편, 앞으로는 어떻게 행복하게 살 것인가가 더 중요하다는 생각이 들었다.

나는 이 책을 내는 것을 계기로 더욱 보람되고 의미 있는 생을 보낼 수 있으리라 믿는다. 주변에 많은 분들의 도움으로 나름 행복하게 살아왔다고 자평하면서 나의 행복론과 삶을 공유하고자 한다.

나는 2005년에 부장으로 승진한 후에 두 차례의 지사 · 지점장과 다섯 차례의 팀장으로서 구성원들의 리더로 살아왔다. 조직의 리더는 조직 구성원들의 행복을 책임지는 사람이라고 믿어왔고 스스로 행복메신저를 자처했다. 가는 곳마다 행복을 모토로 하는 슬로건, 캐치프레이즈를 만들고 실천했다.

먼저, 그 동안에 터득한 팁들을 정리한 '행복고수의 행복선서와 행복헌장 10조' 를 이 책에 소개한다. 내가 행복하게 살고 있는 비결을 공개하는 셈이다.

그 내용은 매우 특별한 것도 아닐 뿐만 아니라 어려운 것도 아니라고 생각한다. 생각과 말로, 그리고 행동으로 한 가지씩 실천해 가면 행복고수의 길로 갈 수 있다.

다음으로는 내가 오만하고 불손하게도 행복고수라고 자칭하는 개똥철학을 몇 꼭지 적었다.

그 중에는 내 행복의 최대 결정 요소 중의 하나인 아내와의 이야기를 팔불출처럼 소개했다. 나머지는 내 삶의 아픔과 즐거움들을 정리해 보여주는 것으로 했다.

이 책을 쓰기로 결정하고 나서 나의 생각과 발자취를 적어보면서 나 자신을 발가벗겨 공중에게 보여준다는 두려움을 떨치기 어려웠다. 하지만 새로운 도전에 임하는 기쁨과 설레임도 함께 왔다.

그리고 나의 인생을 되돌아보고 나의 행복을 한 단계 업그레이드 한다는 생각으로 나를 격려했다.

노벨 경제학상을 수상한 심리학자인 다니엘 카네만 교수는 '행복의 가장 중요한 조건은 일상의 즐거움' 이라고 봤다.

내가 좋아하는 명지대학교 김정운 교수는 '재미 없는 삶은 삶이 아니다' 고 말한다.

인생에 똑같은 삶은 없다. 그래서 우리 각자의 삶은 고귀하며, 지금 내가 살고 있는 이 순간이 정말 소중하다.

우리의 하루 하루를 즐거움으로 가득 채우고 알차게 살아가자. '하하하, 오늘은 내 생애 최고의 날이다. 하하하!' 라고 웃고 외치면서…….

2015년 12월 경기도 연천에서

행복고수 **김 봉 길**

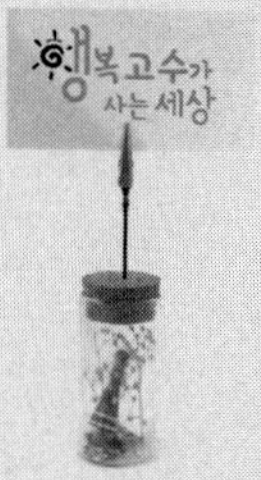
행복고수가
사는 세상

제 1 장

행복고수의 행복론

01

행복고수의 200자 행복선서

나는 지금부터 행복을 선택한다.

행복은 내 마음에 달려 있다는 것을 항상 명심한다.

인생에는 좋은 일과 나쁜 일이 함께한다는 것을 인정한다.

행운도 불운도 결국은 지나간다는 것은 진리이다.

소소한 즐거움이 행복이라는 것을 믿는다.

나에게 행복감을 선사한 작은 기쁨들을 늘 기억하겠다.

나는 긍정적인 생각과 부드러운 말, 적극적인 행동으로 나와 내 주변의 행복을 가꾸어 가겠다.

오늘은 내 생애 최고의 날이다.

이 세상 그 무엇도 내 허락 없이는 나의 행복을 빼앗아 갈 수 없다.

나는 언제나 행복한 사람이다.

02

행복고수의 행복헌장 10조

1조 _ 아침을 행복하게 시작하라.

2조 _ 행복거리를 만들라. 즐겁게 놀라.

3조 _ 나쁜 기억은 지워라.

4조 _ 나와 같이 남을 존중하라.

5조 _ 소리내어 웃어라. 화내는 대신 웃어라.

6조 _ 힘든 순간엔 행복모드로 전환하라.

7조 _ 기쁨과 슬픔을 함께 나누라.

8조 _ 나의 존재를 고마워하라. 있는 행복을 찾아라.

9조 _ 노래, 음악을 가까이 하라.

10조 _ 읽어라. 가능하면 쓰라.

제1조 _ 아침을 행복하게 시작하라.

행복하게 하루를 시작하라. 하루를 웃으면서 시작해 보시라.

"하하하! 오늘은 내 생애 최고의 날이다. 하하하!"

그러면 오늘은 최고의 날이 된다. 매일 '내 생애 최고의 날' 이 되는 것이다.

내가 좋아하는 일로 하루를 시작하라. 내가 좋아하는 음악을 들으며, 내가 좋아하는 산책을 하고, 내가 좋아하는 축구로 하루를 출발하라. 행복한 하루를 시작하는 루틴을 마련하라. 아침에 일어나 거울을 보고 "오늘도 나는 행복을 선택한다." "이 세상 그 무엇도 내 허락 없이는 나의 행복을 빼앗아 갈 수 없다." 이렇게 행복고수의 200자 행복선서로 아침을 시작하라.

제2조 _ 행복거리를 만들라. 즐겁게 놀라.

'호모 루덴스' 라는 말이 있다. 인간은 놀이를 하는 동물이라는 뜻이다. 누구나 좋아하는 놀이를 할 때는 불행이 찾아올 틈이 없다. 우리는 일을 해야 한다. 하지만 좋아하는 일을 하면 놀이가 된다. 하는 일을 좋아하면 놀이가 될 수 있다.

그러나 내가 말하는 것은 내가 행복할 수 있는 무엇인가를 정해 놓고 주기적으로 즐기는 사람은 행복하다는 엄연한 사실이다. 지금 우리 세상에는 즐길 수 있는 것이 매우 많이 있다. 형편이 허락하는 대로 좋아하는 놀이를 찾아서 적극적으로 놀아야 한다. 즐거운 마음을 가슴에 새기라.

제3조 _ 나쁜 기억은 지워라.

우리가 고민하는 것 중에 97%는 우리가 바꿀 수 없거나 지나간 일이라는 연구 결과가 있다. 결코 완벽하지 않은 우리는 누구나 실수를 할 수 있다. 여러 번 할 수도 있다. 그러니 잊어라. 일부러 그것을 기억해서 우리를 불행 속으로 끌어들일 필요는 없다. 내가 잘한 일, 내게 소중한 사람들, 나를 행복하게 하는 것들이 세상에 널려 있다. 나쁜 기억은, 아픈 기억은 빨리 지워라. 쓸데없는 일로 고민하지 마라. 행복은 자기 뜻대로 되지 않는 일을 고민하지 않는 것이다.

제4조 _ 나와 같이 남을 존중하라.

나는 정말 소중한 존재이다. 세상에 오직 하나 밖에 없는 사람이다. 나를 소중히 생각하는 사람만이 다른 사람을 존중하고 배려할 수 있다. 그 길이 함께 행복으로 가는 길이다. 내 곁에 자신을 존중하지 않는 사람을 보고 있다면 그 사람도 결코 행복할 수 없다. 자신을 존중하고 그만큼 다른 사람을 존중하는 사람들은 행복하다. 그곳에는 행복이 머무른다. 행복은 입맞춤과 같다. 디오도어 루빈은 말했다. "행복을 얻기 위해서는 누군가에게 행복을 주어야만 한다."

제5조 _ 소리 내어 웃어라. 화내는 대신 웃어라.

소리 내어 웃는 것은 우리의 뇌에 행복한 호르몬을 생성시켜 몸과 마음을 건강하게 한다. 하루를 웃으면서 시작하라. 하루가 행복해진다. 만약에 화나는 일이 있어도 웃으라. 화를 내는 것은 건강에도 좋지 않을 뿐만 아니라 상대방의 마음까지 상하게 한다. 화를 자주 내는 것은 병적인 습관이다. 나에게 관심을 끌고 대접받으려는 열등의식의 발로이다. 상대방이 나를 모욕했다고 하더라도 그건 그 사람의 생각일 뿐이다. 내가 달라지는 것은 아니다. 대범하게 웃으라. 그러면 생각이 달라진다.

제6조 _ 힘든 순간엔 행복모드로 전환하라.

우리는 살아가는 동안 정신적으로 힘든 순간을 만난다. 몸에 병이 들어 심신이 함께 힘들기도 한다. 그러나 가만히 생각해 보라. 우리가 아프다고, 힘들다고 생각하면 더 힘들고 아프게 되어 있다. 우리의 신체는 영혼이 담긴 그릇이다. 우리가 생각하는 것을 몸으로 느끼게 된다.

어려운 순간은 지나간다. 과거에 힘든 순간이 지나갔듯이 말이다. 더 어렵고 힘든 상황에 비하면 상대적으로 나은 것이다. "나는 지금부터 행복을 선택한다"고 선언하라. 우리는 이처럼 힘든 순간에도 행복모드로 전환할 수 있다. 행복고수가 되는 길이다.

제7조 _ 기쁨과 슬픔을 함께 나누라.

우리는 기쁨과 슬픔이 교차되는 인생을 살아갈 수밖에 없다. 그런데 기쁨이든 아픔이든 슬픔이든 다른 사람과 나누면 긍정적인 쪽으로 변화된다.

좋지 않은 것은 줄어들고 좋은 것은 늘어난다. 혼자 세상의 아픔을 독차지하지 마라. 세상의 기쁨도 혼자 갖지 마라. 다른 사람의 아픔을 나누고 다른 사람의 기쁨을 함께하라. 생각만 해도 마음이 포근해지지 않는가!

제8조 _ 나의 존재를 고마워하라. 있는 행복을 찾아라.

우리는 세상에 사람으로 태어난 것만으로도 행복해야 한다. 지금 살아있는 것도 행복한 것이다. 지금 내가 살고 있는 이 순간은 어제 죽은 사람이 그렇게 살고 싶어했던 바로 그 시간이다. 지금 내가 누리고 있는 것은 얼마나 많은가.

풍족하진 않아도 잘 살고 있지 않은가. 지구촌에는 기아에 허덕이는 사람들도 많이 있다. 우리 북쪽에도 많은 동포들이 어려움을 겪고 있다.

살아있는 것도 행복이고, 먹고 입는 것도 행복이다. 부모 형제가 함께 있는 것도 행복이다. 마음을 열고 보면 온통 행복한 일 투성이인 것이다. 그런데 우리는 행복을 보지 않고 불행을 본다.

제9조 _ 노래, 음악을 가까이 하라.

이 세상 모든 것이 사라져도 음악은 영원하다는 노랫말이 생각난다. 음악은 만국 공통어라고 한다. 좋아하는 노래나 음악은 우리의 뇌와 마음에 평안을 주고 흥을 돋우기도 한다. 화가 날 때 안정을 시켜주고 불안한 마음을 가라앉혀 준다. 심지어는 식물도 음악에 반응하고 물도 좋은 음악에는 건강에 좋은 결정을 나타낸다. 좋아하는 노래, 내게 위안이 되고 평안을 주는 음악을 정하고 반복해 들으며 노래해 보라. 이것은 가장 쉽게 행복할 수 있는 비결이다.

제10조 _ 읽어라. 가능하면 쓰라.

마음에 드는 책을 가까이 하라. 옆에 두는 것만으로도 행복해진다. 언제나 집을 수 있는 곳에 행복을 깨우쳐 주는 책을 두라. 맘 내킬 때 눈에 띌 때 들춰보는 것이다. 대한민국 행복지침서라 할 수 있는 법륜스님의 《행복한 출근길》이나 혜민스님의 《멈추면 비로소 보이는 것들》, 차동엽 신부가 쓴 《무지개 원리》, 이런 책을 보면 마음에 평화가 찾아오고 기운이 솟는다. 마음의 평화는 행복하고 절친 사이 아닌가.

힘이 들 땐 이런 책을 베껴 써 보거나 힘든 상황을 글로 정리해 보라. 자신의 마음이 관찰되고 치유와 함께 평화가 찾아온다.

03

행복가득에서 행복고수로

행복감은 모든 사람에게 100% 주관적인 느낌이다.

사람마다 행복의 정의도 다를 수 있다. 어떤 상황에서 행복한지도 사람마다 같지 않다. 행복하고자 한다면 우선 나는 누구인가를 생각해 봐야 한다.

내가 좋아하는 것은 무엇이고 싫어하는 것은 무엇인가. 내가 정말로 하고 싶은 것은 무엇인가.

이렇게 나를 중심으로 호불호를 가려 보면 행복과 불행의 갈림길에서 행복으로 가는 길이 보인다. 그 길을 선택하면 된다.

나는 운동을 좋아한다. 뭔가 새로운 것을 배우는 것을 좋아한다. 음식은 생선류를 좋아한다. 특히 갈치와 생굴을 좋아한다. 아! 생선

회도 좋아한다.

비록 쑥맥이지만 여자를 좋아한다. 특히 쭉쭉빵빵, 탱탱한 젊은 아가씨들을 좋아한다. '쭉빵탱 걸' 은 보기만 해도 즐겁다. 그래서 울 마눌이 항상 걱정한다. 사실은 당연한 건데 말이다.

나는 경기도 양평군 지제면 지평리에서 태어났다. 아버지께서 내 나이 세 살 때 돌아가신 후에 어머니는 우리 누이와 동생을 포함한 삼남매를 데리고 연천으로 이주했다. 거기서 나는 초등학교와 중고등학교를 나왔다.

그 후 37년을 한국전력공사에서 '광명의 역군' 으로 살아왔다. 광명의 역군이라는 말은 한국전력공사 사가에 들어있는 표현으로 '전력보국, 전력입국' 의 마음가짐으로 대한민국 발전을 견인해 온 한전인들을 칭하는 표현이다.

한국전력공사는 대한민국 발전사에서 열과 빛과 동력을 통해 경제를 견인하는 중요한 부분을 성공적으로 수행해 왔다. 한전인으로서의 삶은 공직자로서 행동거지가 어려웠지만 내 삶의 수양도장이었고, 생계 수단인 동시에 인생의 승부처였다.

지난 1978년 11월 경북 왜관의 변전소 건설현장에서 신입사원으로 출발했다.

일과 후 야간대학을 다니던 서울 쌍문동의 북부지점 시절부터, 한전의 의전과 행사업무를 총괄하던 본사 인사처 총무부, 속초지사 서

무과장, 본사 홍보실의 언론팀과 방송출판팀에서, 그리고 의정부의 경기북부본부, 인천광역시의 인천전력관리처 총무부장, 기획관리실장을 거쳐 강원도 평창지점장을 지냈다.

2009년 본사 홍보실에서 사회공헌팀장을 거쳐 춘천의 강원본부에서, 그리고 지금은 수도권 최북단 민통선과 남방한계선에 접해 있는 연천에서 지사장으로 일하고 있다. 올 8월 북한의 서부전선 포격도발 때 주민대피령의 현장에서 직원들과 함께 지하 대피소를 오가며 주민들의 전기사용 지원을 위해 비상근무도 했었다.

내게 한국전력공사는 일터라는 의미 외에도 전통 50년의 산악회를 통해 보람과 행복을 누린 곳이기도 하다. 산에서 만난 선배와 벗들과의 끈끈한 유대감, 회원들의 산행을 준비하고 안내하는 보람, 거기서 얻은 자존감은 나의 행복의 원천이 되었다.

한국전력공사에서는 지난 2007년 '펀(Fun) 경영'이란 이름으로 다양한 프로그램을 만들어 창의적이고 활력 있는 경영을 모색했었다.

강원도 평창지점장 시절 매주 월요일 아침 행복티타임을 갖고 행복특강을 했었다. 그 해 여름, 나 자신과 직원들의 행복을 위해 '웃음치료 전문가과정' 20기로 입소했다.

여기서 내게 인생을 바라보는 새로운 눈이 열렸다.

2박 3일의 과정을 위해 전국에서 모인 동기들은 20대부터 70대까지 각계각층의 다양한 분들이 참석했다. 그 중의 많은 여성이 우울증, 유방암, 남편의 괴롭힘, 자존감 부족 등으로 고통을 겪고 있었다.

나는 평범함의 행복을 절감하면서 프로그램대로 '실컷 웃고 실컷 울고' 나왔다.

여기서 소리 내어 웃으면 자신감이 생기고 운동효과는 물론 강력한 호르몬이 생겨 고통과 질병을 이겨낸다는 것도 배우고 깨달았다. 심지어는 울어야 할 때 실컷 우는 것도 힐링이 된다는 것을 체험했다.

진행에 애써주시던 웃음연구소 이요셉 소장, 채송화, 비타정, 그리고 목이 쉬도록 웃고 눈이 퉁퉁 붓도록 울던 동기들….

마담미셸, 미소보이, 예진아씨, 송파신사, 이마로, 산울림, 카멜레온, 캐논볼, 백작부인, 지게꾼, 까망늑대, 천생연분, 고스톱, 만만세, 해당화, 콜맨 등 별명과 얼굴들이 스쳐간다. 확실히 기억나는 것은 나의 회사동료이면서 웃음친구인 단무지 오경훈 부장이다.

또 지난 1996년도 백두산 등정을 함께 하기도 했던 산친구인 별난이 유인택 부장도 잊을 수 없다. 지금 그들도 모두 행복할 것이다. 그때 그 사람들이 그립다.

교육 과정중 나의 별명은 '행복가득' 이었다. 수료 후에도 아침 저녁 틈만 나면 웃음구호를 외치고 웃었다.

거실 입구에 스마일 스티커를 큰 걸로 가로로 붙여 놓고 넘어갈 때마다, 출퇴근 때 스마일 스티커 줄을 넘으면서 소리내어 웃었다.

"하! 하! 하! 나는 내가 좋다. 나는 내가 참 좋다."

"나는 아무 조건 없이 내가 좋다. 하! 하! 하!"

"하! 하! 하! 나는 모든 면에서 점점 더 좋아지고 있다."

"나의 건강도 나의 업무실적도 점점 더 좋아지고 있다. 하! 하! 하!"

"지금 나는 행복을 선택한다. 하! 하! 하!"

이런 나를 보고 아내와 두 아들은 묘한 표정으로 미소짓곤 했다. 펀 경영을 위한 웃음치료 전문가 과정은 이렇게 나에게 행복고수로 가는 길의 터닝 포인트가 됐다.

이렇게 10년 가까운 행복 수련 덕분에 갖가지 행복 비급이 난무하는 강호 무림에서 공력이 높아지고 내공이 쌓였다.

오늘도 나 '행복고수'의 삶은 더 높은 곳을 향해 계속 진화하고 있다.

04

나에게 무엇이 행복인가

나는 행복고수다. 2008년 '행복가득' 으로 닉네임을 정한 후 4년간의 수련기간을 거쳐 '행복고수' 로 등극했다.

행복은 나의 라이프스타일이다. 내가 행복을 마음에 두고 행복을 말하고 실천한 것은 평창지사장으로 부임하면서부터이다. 그때 나는 부임 후 본사의 이은용 디자인실장에게 부탁해 '고객감동 행복가득 최우수 평창지점' 이라는 슬로건을 담을 포스터를 만들어 달라고 했다.

두 개의 시안 중에 하나를 택해 사무실마다 게시했다. 아버지가 아이 둘을 웃으면서 감싸 안고 있는 행복한 가족의 모습에 사랑의 하트가 무지개 색으로 피어오르는 포스터이다.

2개월 동안 매주 월요일에 행복강좌를 가졌다. 행복이란 무엇인가. 행복은 가까운 곳에 있다. 행복한 직장을 만들자. 유머단지를 열고 오늘의 유머를 하나씩 읽어 줬다.

유머단지는 스포츠 신문과 인터넷에서 모은 매일 유머, 인터넷 유머를 오리고 프린트해서 모아놓은 플라스틱 과자통에 담아놓은 것이다.

2009년 초 본사 홍보실에서 일할 때는 매일 아침 일과 전 유머단지를 꺼내 하나씩 돌아가면서 소개하도록 했다. 하루를 웃으면서 시작하는 거다. 그리곤 한 마디 한다. 오늘 뭐 재미있는 일 없을까? 재미있는 일부터 찾아 공유하는 것이다. 재미있게 일과를 시작하면 하루가 즐겁다.

2012년 강원본부에서도 유머단지는 등장했다. 요금관리팀은 한 달에 일곱 번 수금마감을 한다. 마감일마다 다과를 놓고 소통시간을 가졌다. 유머단지와 함께.

2013년 말 연천지사장으로 부임했다. 슬로건을 정했다. '행복공감 자랑스런 연천지사' 를 우리 지사의 슬로건으로 정했다. 공모에 당첨된 직원은 전력공급팀의 안동화 주임이었다.

아이디어가 좋고 자신감이 있는 그녀를 보면 특히 행복해진다. 그녀는 그 후 매월 이달의 행복공감 레터를 만들어 직원들을 위해 배포하고 한 달 동안 계속 볼 수 있도록 화장실에 붙여 놓고 있다.

첫 회식 겸 송년회를 하는 날 나는 기타를 들고 가서 연주하며 노래를 했다. 기억에 이무송의 '사는 게 뭔지' 와 에릭 클랩튼의 '원더풀 투나잇' 을 부른 듯하다.

그 후 매월 첫째 수요일에는 기타를 들고 나가 연주를 한다. 우리 연천지사 행복송을 현숙과 추가열이 함께 부른 노래 '행복은 눈앞에' 로 정하고 나는 기타를 치고 함께 노래한다. 간단한 가사내용이 반복되는 노래로 유쾌하게 하루를 시작할 수 있다.

이렇게 생각하면 이렇게, 저렇게 생각하면 저렇게
마음 먹은 대로 생각대로 우리는 할 수 있어요

사랑하는 사람 손을 잡고 사랑하는 사람 마주보고
사랑하는 사람 안아주며 사랑해 사랑해 말해요
처음엔 쉽지 않아요 티끌 모아 태산이죠
천리길도 한두 걸음 행복은 눈앞에 있어 예예

나는 소소한 즐거움에 행복해 한다. 누구나 그렇듯이 웃을 때가 좋다. 웃음이 있는 곳은 분위기가 좋고 대화 소재가 좋다는 얘기다.

나는 새로운 것을 배울 때 행복하다. 내가 좋아하기로 정한 것을 배우니까 행복해진다.

나는 운동할 때 행복하다. 내가 좋아하는 것을 하기 때문에 행복하다.

내가 좋아하는 생선, 갈치나 생굴을 먹을 때, 시원한(?) 김칫국을 먹을 때 나는 행복해진다.

나는 경쟁을 좋아하지 않는다. 사람마다 다를 것이다. 경쟁을 즐기고 이기는 것을 좋아하는 사람도 있다. 사람을 서로 비교하는 것이 싫다. 차라리 내가 지고 마는 것이 편하다.

양편이 다 이기거나 비기는 것이 좋다. 경쟁을 하는 경우 이기고 싶고 이기면 좋지만 인생사가 어디 그런가. 솔직히 말해서 나는 경쟁을 피한다.

하고 싶은 것을 하고, 하기 싫은 것을 피할 수만 있다면 누구나 행복할 것이다. 아주 가끔 그렇지 않은 때가 있을 것이다. 그렇다고 불행할 필요는 없다. 두 갈래 길에 온 것이다.

하고 싶지 않은 일을 해야 한다면 나의 마음을 바꾸는 것이다. '내가 왜 이런 정도로 불행해야 하지?' '이 불쾌한 기분은 지나가는 거야.' 그럼 정말 나쁜 기분은 사라지기 시작한다.

그리고 크게 선언하라. "나는 지금 행복을 선택한다." "이 세상 그 무엇도 나의 행복을 불행으로 만들 수 없다." 이렇게 외치고 나면 누구든지 행복해질 수 있다. 행복고수가 아니라도.

05

고수와 하수의 차이

세상에는 고수와 하수가 함께 산다. 인생은 고수에게는 놀이터요, 하수에게는 생지옥이란 말이 있다. 왜 우리의 삶이 고수에게만 놀이터일까?

사전적 의미로 '고수'는 '어떤 분야나 집단에서 기술이나 능력이 매우 뛰어난 사람'을 일컫는다. 또 '고수'란 말은 상대적인 말이기도 하다. 바둑이나 장기에서, 혹은 어떤 분야에서 '그 사람은 나보다 고수야.' '내가 너보다 더 고수지' 할 때처럼 말이다.

어떤 분야이든 고수가 된 사람은 많은 공부와 연습이 기본이 되고 계속되는 실전을 통해 얻은 예지와 통찰력이 있다. 내비게이션을 단 차를 타고 가로등이 환한 길을 가는 것처럼 갈 길을 잘 알고 있고 길을 잘못 들 염려가 전혀 없다. 설령 길을 잘못 들어도 두렵지 않다. 얼마든지 찾아갈 수 있으니까.

인생은 어차피 여행이니까 길을 잃기도 하는 거지. 게다가 고수는 겸손하고 성실하기도 하다. 그래서 많은 사람들이 돕는다. 놀기 좋지 않은가. 고수는 인생은 한 걸음씩 한 걸음씩 가는 것이라는 것을 안다. 지금까지 그래 왔으니까.

행복고수는 어떤가. 행복고수는 먼저 자신을 이기는 사람이다. 자신의 마음을 컨트롤할 수 있는 사람이다. 행복은 내 주변에 있다는 사실을 느끼고 실은 내 마음 속에 이미 들어와 있다는 것을 안다.

행복에 대한 이야기를 하나 들어보자.

이 세상이 처음 생겨났을 때 인간에게는 행복이 미리 주어져 있었다. 그러나 처음부터 행복을 가진 인간들은 천사들이 보기에 너무나 오만하고 꼴불견이었다.

이를 보다 못한 천사들이 회의를 열어 행복을 회수하기로 결정했다. 하지만 행복을 어디에 감춰 두느냐 하는 것이 천사들의 고민이다.

한 천사가 제안한다.

"천사장님. 저기 저 바다 속 깊은 곳에 숨겨 두면 어떨까요?"

천사장이 고개를 젓는다.

"인간들의 머리는 비상하오. 바다 속쯤이야 머지않아 뒤져서 찾을 거요."

다른 천사가 제안한다.

"가장 높은 산의 정상에 숨겨두면 어떨까요? "

이번에도 역시 천사장이 고개를 좌우로 흔든다.

"인간들의 탐험정신을 따를 동물이 없어요. 그러니 제아무리 높은 산 위에 숨겨 두어도 찾을 거요."

궁리하고 궁리한 끝에 천사장은 마침내 결론을 내린다.

"인간들 마음 속 깊은 곳에 숨겨 두기로 합시다. 인간들의 머리가 비상하고 탐험정신이 강해도 자기들의 마음 속에 행복이 숨겨 있다는 것을 깨닫기는 좀처럼 어려울 것이오."

– 김태광 저, 《행복을 가득 전해 주는 책》에서

그렇다면 하수에게는 왜 인생이 생지옥이라고 말할까. 생지옥이란 표현이 조금 과하긴 하지만 하수는 모르는 게 많아서 발을 떼기가 두렵다. 걱정이 앞선다. 꿈만 꾸다가 그만두고, 어떤 일을 시작해도 금방 그만둔다.

하수는 마음이 조급하다. 다른 사람은 앞으로 달려가는데 자신은 가로등이 없는 시골길을 가는 나그네처럼, 지도도 없이 산길을 가는 초보 등산객처럼 좀체 앞길이 보이지 않고 얼마나 걸릴지 가늠하기가 어렵다.

행복하수는 앞을 가기에 바쁘다. 미래에 있는 행복을 찾는다고 성공을 해야만 행복하다고 지금 이 순간을 희생하고 자기 자신을 학대한다. 마음 속에 있는 행복을 느끼지 못하고 다른 사람과 비교하고 더 많은 것을 가지려고 애쓰다가 몸과 마음이 병이 든다.

진정한 고수는 자기가 가진 것을 나누는 사람이다. 자기만 행복하지 않고 다른 사람도 행복하게 하는 사람이다.

그래서 더 행복해진다.

앞에서 인간의 마음 속에 행복을 숨겨두는 천사들의 이야기를 했지만 생물학적으로 모든 동물은 생존과 번식을 위해서 행복하도록 설계되었다고 한다.

아름다운 여인을 만나거나 멋진 남성을 보면, 맛있는 음식을 먹으면 기분이 좋아지는 것은 그런 때문이라고 학자들은 주장한다. 가까이 있는 행복의 요소들을 보고 느끼고 즐겨하면 그 빈도만큼 행복해지는 것이다.

나는 매일 아침 행복할 것을 선언하고 행복은 내 것이라고 외치며 하루를 시작한다. 매일 행복해지는 시스템을 만들고 실천해 간다. 이미 내 안에 있는 행복을 어떻게 지킬 것인가.

다음 장에서 만나 얘기하기로 하자.

06

행복고수가 사는 세상

나는 자칭 '행복고수' 다. 나는 지난 2006년 3월 결혼 21년 만에 부부생활 프로그램 'ME주말' 을 다녀왔다.

ME는 'Marriage Encounter' 의 약자로 결혼의 재만남, 결혼생활의 새로운 발견이란 의미이며, 'ME주말' 은 원만한 부부생활에 만족하지 않고 더 훌륭한 결혼생활을 할 수 있게 도와주는 2박 3일의 프로그램이다.

프로그램을 이수한 부부들이 모여 행복한 부부의 삶을 위해 주기적으로 대화하는 모임을 갖는다. 이 프로그램 중에 우리 부부는 서로 부둥켜안고 울고 또 울었다.

이때 우리 부부에게 소통이 얼마나 부족했는지, 그래서 서로가 얼마나 힘들었는지, 앞으로 어떻게 감정을 표현하고 대화해야 하는지를 배우고 진심으로 깨달았다.

2008년에는 회사의 '펀(Fun) 경영' 에 동참해 한국웃음연구소에서 시행하는 웃음치료전문가과정에 등록했다. 우린 모두 자신의 닉네임을 정했는데, 그때 나는 '행복가득' 이라고 내 명찰에 썼다.

전국 각지에서 모인 교육 동기 중에는 웃음을 통해서 인생의 고해를 헤쳐 나가려고 안간힘을 쓰는 사람들이 너무 많았다.

항암 치료 중에 온 사람, 우울증으로 자살에 실패한 사람, 그들은 목이 쉬도록 몸부림으로 웃었다. 이미 나는 상대적으로 많이 행복한 사람이었다.

하지만 내게 지난 2011년과 2012년은 인생 최고로 힘든 시기였다. 인간적인 성숙과 함께 역경을 극복하는 내공이 쌓이는 계기가 됐다. '행복가득' 은 4년간의 숙성기간을 거쳐 '행복고수' 로 닉네임 업그레이드를 단행했다.

행복하게 살겠다, 타의 추종을 불허하는 행복의 고수가 되겠다는 의지를 마음 깊이 새긴 것이다.

앞에서 말한 것처럼 사전적 의미의 '고수' 는 '어떤 분야나 집단에서 기술이나 능력이 매우 뛰어난 사람' 을 일컫는 말이다.

또 '고수' 란 말은 상대적인 말이기도 하다. 바둑이나 장기에서, 혹은 어떤 분야에서 '그 사람은 나보다 고수야' , '내가 너보다 더 고수지' 할 때처럼 말이다.

행복고수는 행복에 대한 능력이 매우 뛰어나거나 상대적으로 높은 사람이다. 행복에 관한 한 누구나 '고수' 가 될 수 있다.

하지만 약간의 수련이 필요하다. 항상 행복할 수 있는지, 어느 어려운 일에 봉착했을 때 불행모드에서 행복마인드로 전환할 수 있는지가 중요하다.

그렇게 보면 나는 이미 행복고수가 틀림없다고 주장한다. 나는 누구보다 행복한 삶을 산다고 자신한다. 물론 그렇지 않은 적도 있었다. 하지만 이제는 다르다. 어떤 상황 속에 있다 해도 나는 누구보다도 행복할 자신이 있다.

이 순간이 불행하다면 즉시 행복한 상태로 전환할 수 있다. 왜냐하면 행복은 주관적인 마음의 상태이기 때문이다. 내가 마음먹기에 달렸기 때문이다.

나는 '행복고수' 다. 행복은 주관적이다. 아무리 스펙의 시대라고 해도 그냥 행복한 정도를 넘어 '행복고수' 가 되는 데에 자격증이나 면허증이 필요 없다. 실적증명도 문제되지 않는다. 누구든 '나는 행복고수야' 라고 하면 '고수' 인 거다.

이 글을 쓰면서 나는 만인 앞에 선포한다. 이제부터 반드시 나를 '행복고수' 라 불러주시기 바란다. 이제 나는 명함에 '행복고수' 라고 새기고 나의 행복을 뽐내고 즐길 예정이다.

행복담론은 넓게 보면 엄청나게 철학적인 문제이고 어려운 이야기라고 볼 수 있다. 하지만 내가 얘기하는 행복이야기는 철학이 아니라 행동지침이다.

나는 행복할 수밖에 없다. 왜냐하면 행복에 목표를 둔 끊임없이 노력을 해 왔기 때문이다. 그건 습관이 되고 시스템이 되었다. 그렇게 노력을 해 보니 행복해졌고 나보다 행복한 사람은 없다는 결론에 도달했다.

그래서 나는 '행복고수' 이다. 누가 아니라고 할 수 있는가! 나와 보라! 지금부터 고수의 '피나는 노력' 을 소개해 보겠다.

나는 이렇게 산다. 행복헌장 제1조를 확인해 보라.

매일 아침 나를 행복하게 하는 행복의식(Ritual)을 갖는다. 계속 반복되는 세리모니는 나의 의식(Conscience)을 바꿔놓았다.

한 번 따라 해 보시라. 반드시 행복고수의 200자 선서가 아니어도 좋다.

"하하하! 오늘은 내 생애 최고의 날이다. 하하하!"

영화 제목 '우리 생애 최고의 순간' 에서 착안한 구호로 내가 매일 아침에 외치는 구호다.

"나는 지금부터 행복을 선택한다."

이건 보통 때에도 쓸 수 있지만 전날 어려움이 있었거나 분위기 전환이 필요할 때 사용하는 구호다. 그런 날은 나도 모르게 입에서

튀어 나온다.

이건 상시와 비상시 겸용 행복구호이다.

"이 세상 그 무엇도 내 허락 없이는 나의 행복을 가져갈 수 없다."

이건 밀리언셀러 《무지개원리》로 유명한 차동엽 신부님의 《행복선언》에서 가져온 행복문구이다.

이것은 지금 나의 카카오톡 바탕화면에 올려져 있다.

"나는 내가 좋다. 나는 내가 차암 좋다. 나는 아무 조건 없이 내가 차암 좋다."

행복은 절대 1인칭이며 자존감에서 나온다. 앞에서 말한 이요셉 한국웃음연구소의 웃음강좌에서 배운 자존감을 높이는 구호이다.

이런 구호들이 내가 기분 좋을 때 더욱 나를 행복하게 하고, 내가 어려움에 처했을 때 나를 행복모드로 전환시켜 준다.

이 행복 리추얼은 나를 행복하게 하는 시스템이다. 이런 어구는 누구나 알 수 있는 것이다. 하지만 아침마다 외치고 나오는 사람은 나밖에 없다고 나는 주장한다. 그래서 나는 자발적으로 '행복고수'로 등극했다.

01

나는 누구인가

나는 행복한 삶을 위해 책 쓰기에 도전하기로 했다. 그러면서 내가 쓴 책을 누가 읽어줄 것인가 하는 생각이 들었다. 무엇으로 읽히는 책을 쓸 것인가.

지금은 공기업 한국전력공사에서 38년째 일하는 현재 연천지사장 김봉길의 글을 독자들이 읽을 가치가 있을까. 과연 나는 누구인가를 생각해 보지 않을 수 없었다.

나는 누구인가를 생각해 본다.

1978년에 한국전력에 입사하기 전까지 나는 경기도 연천에 살았다. 어머니, 누이 그리고 남동생과 함께. 만 37년이 넘어 내 인생의 전부가 된 한전생활, 가장 오래 있었던 곳은 삼성동 옛 본사에서 16

년을 보냈고, 그중의 12년을 홍보실에서 일했기 때문에 많은 사람들이 나를 홍보실 출신, 아님 홍보맨이라고 얘기한다.

회사의 일원으로 해 온 일들이 주마등처럼 스쳐간다. 크고 작은 업적들, 상사와 동료들 얼굴과 이름이 스쳐간다. 회사일 외에 다른 측면에선 사내 써클 활동과 관련해 50년의 역사를 가지고 있는 한전 산악회의 심부름꾼을 10년 넘게 일을 해 와 사람들은 나를 산쟁이, 산 좋아하는 사람이라고 한다.

아시는 바와 같이 나의 닉네임은 행복고수다. 내가 지은 것이다. 지난 2006년 ME주말, 2008년 웃음스쿨을 마치고 행복가득이 되었고, 지금 생각하면 별것도 아닌 어려웠던 시절을 겪고 나서 이렇게 행복교로부터 세례를 받고 얻은 닉네임이 행복고수다. 누가 뭐래도 행복하게 살겠다는 다짐의 표시다.

원래 나의 호는 '학동(學動)' 이었다. 이건 자세히 기억은 안 나지만 중학교 3학년 때, 아님 고1 때쯤 내가 지은 것이다. 평생 배우고 운동하면서 살겠다는 생각에 나름 수없이 고민하여 만든 자작호이다. 지금도 무의식적으로 낙서를 하면 한자로 학동을 쓰곤 한다.

나는 매일 독서하고 운동한다. 독서하는 모습은 잘 보이지 않으니까 모두들 나만 보면 운동 좀 조금 하라고 말한다. 내가 2005년 79kg에서 지금 68kg까지 10년에 걸쳐 11kg이나 줄였더니 운동이 지나치지 않느냐고 모두들 걱정해 준다.

대학동기 성호도 그렇고 오랜만에 만나는 지인마다 모두 한 마디씩 한다. 고마운 일이다.

지금 나는 정년퇴직을 약 5년 남기고 내 고향 연천에서 지사장으로 일하고 있다. 가족과 떨어져 있는 탓에 여유시간을 독서, 축구, 기타연주 그리고 새로 도전한 승마를 하면서 행복해 하고 있다.

아 참, 지금은 이 책을 쓰며 행복을 다지고 있다.

지금까지 지내온 내 모습을 얘기했다. 내일부터 나는 어떤 사람이 될 것인가? 조금 전까지의 행복고수에 더해 지금부터 내가 할 일들이 새로운 행복고수를 만들 것이다.

그럼 나는 지금부터 무엇을 할까. 정년퇴직 후에는 어디서 뭘 할까. 나의 버킷리스트를 살펴보자.

유니세프 아너스클럽(1억원 기부) 가입하기, 고궁 영어문화해설사 되기, 킬리만자로산 등정, 서재 만들기, 노래교실 자원봉사자 되기, 프리스타일 축구 도전하기, 내 책 내기, 정기적으로 가족 여행하기, 아내와 유럽여행하기 등이다.

이 중에서 '내 책 내기'는 현재 진행형으로 결실을 목전에 두고 있다.

2015년 가족여행은 지난 추석 연휴 때 홍콩과 마카오를 다녀왔다. 오는 12월 5일에는 나의 첫 책 《행복고수가 사는 세상》을 출간할 것이다.

다음 책은 내가 12년간 몸담았던 홍보업무에 관한 얘기, 또 동호회 활동으로 나를 행복하게 해 준 산 이야기를 써 볼 예정이다.

결론은 이렇다. 지금까지 내가 해 온 것들이 지금의 나를 규정했다면 앞으로 내가 할 것들이 미래의 나를 말해 줄 것이다.

한편, 버킷 리스트에 지나치게 집착하면 '행복고수' 라는 닉네임을 내려놓아야 할는지도 모른다. 욕심이 많아지면 행복할 수가 없기 때문이다.

행복한 인생을 위한 진리중의 하나가 아닌가! 한 번에 한 가지 밖에 할 수 없는 것은 당연한 사실, 소박한 마음으로 한 걸음 한 걸음 나아가리라.

제 2 장

내 인생의 승부처, 직장 · 결혼 · 군대

01 행복한 일터와 배려

2012년 우리 회사에 HWP라는 단어가 각종 보고서마다 난무하기 시작했다. HWP? 오래 전부터 사용돼 온 문서작성 프로그램 '흔글 워드 프로세서' 의 약자이다. 아직도 흔글로 작성한 문서의 확장자이다.

내가 몸담고 있는 한국전력공사에서는 조환익 사장이 부임한 후 생긴 용어 'Happy Work Place' 의 약자로 쓰인다.

조환익 사장 얘기를 아주 조금만 할까 한다.

2013년 내놓은 화두가 무신불립(無信不立)이었고, 2014년에는 집사광익(集思廣益)이었다. 올해는 날이 갈수록 새로워지고 크게 변한다는 의미로 일신월이(日新月異)을 내세웠다.

취임 때는 KEPCO45 배구단을 두고 매번 지는 배구는 왜 하느냐, 지는 습관이 몸에 배어 있는 것 아니냐며 우리들의 마음에 큰 못을 박았다. 그러더니 배구단 이름을 승리와 폭풍을 의미하는 케프코 빅스톰(KEPCO VIXTORM)으로 바꾸고 감독을 한전배구단 출신으로 임명했다. 선수들의 처우를 개선해서 좋은 선수들을 영입해 와 올해는 배구단 덕분에 정말 행복할 수 있었다. 현대와 삼성과 겨루고 그야말로 작년부터 올봄까지 참 재미있게 배구를 즐길 수 있었다.

조 사장은 취임하면서 Smart, Clean, Kind를 강조하였다. 이것은 지금도 직원들의 컴퓨터 화면보호기로 떠오르는 내용인데 그 내용은 다음과 같다.

Smart _ 소통 · 융합으로 스마트하게

회사의 건강한 성장은 멈추지 않는 기술혁신과 원활한 소통에서 시작합니다. 창조와 융합의 에너지로 끊임없이 발전하는 기술은 새로운 미래가치를 창출하며, 원활한 소통은 경직된 사내 분위기를 완화시키고 행동을 촉진시킵니다.

Clean _ 정직으로 깨끗하게

정직한 기업만이 높은 주인 의식과 남다른 경쟁력을 가지고 성장할 수 있습니다. 정직을 지켜나가기 위해서는 무엇보다도 일관성을 바탕에 둔 공정한 평가가 이루어져야 합니다. 정직을 최우선의 가치로 지켜가는 깨끗한 조직문화는 미래의 핵심역량이 될 것입니다.

Kind _ 배려로 행복하게

급변하는 무한경쟁 속에서 기업이 살아남기 위한 길은 배려를 통한 상생입니다. 배려는 조직원간의 경쟁이 아니라 공존하는 삶을 통해 마음의 풍요와 존경심을 갖게 만듭니다. 고정관념을 버리고 매일 매일 노력하는 세심한 배려는 함께하는 행복한 삶을 이끌어 냅니다.

조환익 사장은 그 중에서도 Kind를 강조한다. 친절하고 배려하는 마음과 행동으로 상생하는 것이 최고의 선이라는 것이다. 내가 너무나도 공감하는 좋아하는 부분이다.

행복한 직장을 만들기 위한 소통의 방법에는 여러 가지가 있을 것이다. 여기에는 정답은 없다. 하지만 첫째로 중요한 것은 자신의 의사를 표현할 수 있는 통로가 있어야 한다는 것이다.

직위와 직책, 임무는 다르지만 생각하는 것을 말하고 피드백을 받고 존중받는 느낌을 가질 수 있어야 한다. 그것이 자존감이 되고 자긍심이 된다. 이것이 행복한 일터가 되는 기초가 된다.

행복한 직장에는 잘 들어주는 시스템과 그런 상사가 있다. 사내 인트라넷 망이든, 고충처리위원회든 체계적으로 운영이 된다. 그냥 있기만 한 것이 아니라 내실있게 운영된다.

상사는 부하의 말을 그냥 듣기만 하는 것이 아니고 관심을 가지고 들어준다. 눈빛으로 호응하고 추임새까지 넣는 적극적 경청은 물론 상대의 마음까지 읽는 공감적 경청의 경지에 이르러 있다. 이렇게 들어주면 행복을 향한 문이 열린다.

사내 인트라넷이나 고충처리위원회가 아니라도 개인적인 의사표시가 있으면 신중하게 생각해서 어떤 형태라도 신속하게 반응을 보여준다.

전화든 이메일이든 아니면 서로 마주앉아서 차 한 잔을 나누면서, 혹은 술자리에서라도 자신의 의사에 반응해 주는 것이 고맙다. '나를 배려해 주는구나' 하는 생각이 들게 되어 있다. '나로선 좋은 방안이 떠오르지 않는다' 는 답이 오더라도 세심한 배려가 느껴지는 것이다. 그러면 이곳은 행복이 가슴에 차오르고 회사를 위해 무엇을 할 것이지를, 회사를 위한 생각을 행동으로 옮길 수 있는 천국이 된다.

행복한 직장에는 서로 궁금한 것을 편하게 물어볼 수 있는 기업문화가 있다. 상사가 궁금한 것이 있으면 함께 뜻을 같이하는, 한 솥밥을 먹는 입장의 분위기로 부하에게 묻는다. 부하도 상사에 대한 신뢰를 바탕으로 인생의 선배로서 이런 경우를 당하면 어떻게 하는 게 좋겠는지 하는 심정으로 묻는다.

여기서 행복의 계단에 오르는 체력을 갖추게 된다.

행복한 직장에는 칭찬하는 리더십이 있다. 칭찬하는 사람이 스스로 기분 좋아서 칭찬한다. 습관처럼 칭찬하지만 의례적이지 않고 구체적이다. 공개적으로 칭찬해 준다. 듣는 다른 사람도 기분이 좋아진다. 부하는 뭔가 보답하고 싶은 생각이 든다. 모든 직장인은 칭찬하는 리더를 위해서 일한다. 직장은 행복의 정원이 되고 일하는 시간은 힐링의 순간이 된다.

행복한 일터, 행복한 직장을 만드는 데는 역시 소통과 신뢰가 정답일 것이다.

소통과 신뢰가 쌓이면 배려가 가능해지고 이로써 상생이 이루어진다. 배려는 이심전심을 만들고 서로의 마음을 읽고 알아주는데 그 이상의 소통이 있을 수 있겠는가.

이렇게 하면 법륜스님의 책 제목처럼 '행복한 출근길'이 가능해지는 것이다. 소통이 잘 되는 직장에는 휴일에도 나오고 싶어진다. 적어도 월요병 같은 것은 없다. 문제는 이것이 불가능하다고 생각하는 리더이다.

리더는 멘토가 되어야 한다. 들어 주고 물어봐 주면 대부분의 문제는 저절로 해결된다.

02

직장은 삶의 배움터

우리는 여러 차례 학교를 다닌다. 요즘은 유아원에서 시작해서 유치원으로, 그리고 초등학교에 들어간다.

나는 1966년 3월에 경기도 연천군 연천읍에 있는 연천국민학교에 입학했다. 어려운 가정형편 때문에 한 해라도 빨리 학교를 보내야 했다. 양력 3월 3일인 생일을 음력 날짜인 2월 6일로 바꿔서 등록하여 친구들보다 한 살이 적은 나이에 입학을 하게 됐다.

중학교를 마치고 고등학교에 입학을 한다. 나는 초·중·고등학교를 모두 연천에서 다녔다. 그리고 필요에 따라 대학교도 다닌다. 나는 고등학교 3학년 때 당시 한국전력주식회사 입사시험에 합격해 한전에 입사했고, 그 다음 해부터 명지대학교에 입학해 야간 수업을 받았다.

우리는 12년 혹은 16년의 학창시절 외에도 계속 배울 수밖에 없다. 인생은 배움의 연속이며, 특히 삶의 도장이라는 얘기를 시작하려 한다. 누구나 그렇듯이 나도 많은 것을 배우며 살아왔다.

나는 학창시절 아버지가 없는 가정에서 자라 남자 어른에게 배움이 거의 없었다. 왜냐하면 아버지는 세 살 때 돌아가셨고 6·25전쟁으로 아버지 형제들이 모두 흩어져 만나기가 어려웠던 탓이다.

나의 직장생활은 어깨 너머로 더 많은 것을 배우고 스스로 깨우치면서 살아야 했다.

지난 1979년도 12월 마지막 날의 일이다. 회사에서 종무식과 송년다과회가 있었다. 당시에는 오전에 종무식 행사를 마치고 나면 특별한 일이 없는 한 퇴근하던 때였다. 당시 내가 근무하던 북부지점은 도봉구 쌍문동에 있었다.

강당에서 종무식을 마치고 간단한 송년 막걸리 파티가 있었다. 거기서 나는 직장생활 최초의 대형 실수를 저질렀다. 멋모르고 선배들이 주는 모래미주를 권하는 대로 마신 것이다. 막걸리 원액이라는 것을 모르고 선배들의 권함에 못 이겨서, 또 달콤하니까 잘 마셨고 기분도 좋았다.

그런데 선배 사원과 시비가 붙었다. 술기운에 불그스레한 내 얼굴을 보고 선배사원이 '신입사원이 왜 취해서 돌아다니냐'며 한 마디

한 것이다. 내가 말대꾸를 하고 급기야는 실랑이가 벌어졌다. 다른 직원들은 말리고 취기가 잔뜩 오른 내가 보안계의 간이 칸막이를 발로 차 구멍이 난 것이다.

새해 첫 근무일인 1월 2일. 출근 후 과장님의 꾸중을 듣고 사무실을 돌며 많은 분들께 사죄한 기억이 난다. 실수는 안 하는 게 좋지만 사람은 실패하거나 넘어지면서 일어나는 법을 배운다.

지난 2011년과 12년은 내 생애 최악의 해였다.

2011년 새로 부임한 상사는 부장 7년차로 승진을 위해서 전력을 다해야 할 나에게서 웃음을 빼앗아 갔다. 특별한 이유도 없이 우리 부서의 업무를 타 부서로 넘기고, 부하 앞에서 공개적인 모욕 등 직장생활 중 당할 수 있는 모든 어려움을 겪었다.

상황 타개를 위해 많은 고민을 했었다. 일부러 그 상사를 차로 출근시키기도 하고, 팔굽 관절의 통증으로 그만두었던 테니스 라켓을 다시 잡고 휴일에 테니스장에도 나가봤다.

궁리했던 것 중에 일부는 자존심 때문에 실천하지 못했지만 후회는 없다. 그 모든 것은 지나갔다.

2012년에는 그야말로 설상가상이었다. 전혀 예상치 못한 전출명령을 받았다. 본사에서 사업소로 발령이 난 것이다. 하여튼 모든 것은 내 탓이었다.

이런 일을 겪으면서 어떻게 마음을 다스려야 하는지를 배웠다. 시련과 역경은 극복할 수 있는 것이 있고 그렇지 않은 것도 있다.

마음을 다스리려고 읽기 시작한 독서가 한 권 두 권 늘어나며 생활의 소중한 부분이 됐다. 그렇게 읽은 책들은 정말 큰 소득이요 자산이다. 누구든 산을 넘고 계곡을 건너면서 배우고 더욱 성장한다.

우리는 크고 작은 도전을 하면서 산다. 남들이 어렵다는 일에의 도전, 새로운 일의 시작, 고정관념을 바꾸는 실천 등이다.

본사에서 사회공헌팀장을 하면서 각막기증 등록 신기록을 경신한 일이 기억에 남는다.

2010년 10월부터 2011년 1월까지 전사적인 각막기증 캠페인을 벌여 전체 임직원의 42.2%인 8,138명이 등록해 신기록을 경신해 전 언론과 국민들의 관심을 받은 것이다.

아직도 '신체발부 수지부모' 라는 전통사상이 뿌리 깊은 경영진을 설득해낸 당시 박래용 홍보실장님의 노력으로 노사협의를 거쳐 국내 최대의 에너지 공기업으로서의 '노블레스 오블리주' 를 멋지게 드러내 보였었다.

뜻이 있는 곳에 길이 있다. 도전하면서 배우는 것이다.

나는 금년으로 50년을 맞는 한전산악회의 심부름꾼인 간사로서, 간사장으로서 10년을 보냈다. 그간 100여 차례의 산행을 기획하고 안내했으며 지리산, 덕유산, 속리산 등 여섯 번의 전국 한전산악제와 축제를 치렀고 백두산, 키나발루산 등 세 차례의 해외원정을 성사시켰다.

내 삶에서 산과의 인연은 자연에 대한 사랑과 경외심을 배우는 계기와 함께 평생의 벗들을 만나는 좋은 기회였다. 때에 따라 산은 여차하면 목숨을 잃을 수 있는 위험한 곳이 되기도 한다. 그래서 산행 전에 세심한 준비와 알맞은 장비가 필요하다.

요즈음도 적지 않은 사람들이 국내에서도 등산 중에 추락하거나 조난당해 운명을 달리한다. 산은 우리를 겸허하게 한다. 욕심을 버리게 한다. 등산과 여행을 통해서 배운다.

1978년 입사 이래 37번의 사계절을 회사와 함께 하는 동안 많은 배움이 있었다. 이 모든 것들이 은혜로운 일이다.

고등학교를 졸업하고 입사해서 회사생활은 내 인생의 전부와 다름없다. 회사의 덕분에 야간 대학교를 다닐 수 있었고 아직도 많은 부분에서 삶의 지혜를 깨달아 가고 있다. 인생은 배움의 연속이며 직장은 학교이다.

03

행복한 일터는 나의 로망

지구촌 가톨릭 교회의 수장인 프란치스코 교황이 지난 2014년 8월에 한국을 방문했다. 이에 앞서 교황은 아르헨티나의 주간지 『비바』와의 인터뷰에서 행복에 이르는 지침 10가지를 밝혔다.

1. 내 방식의 삶을 살되, 타인도 자신의 삶을 살게 두자.
2. 마음을 타인에게 열자.
3. 조용히 나아가자.
4. 삶에 쉼표를 찍자.
5. 일요일은 가족과 함께 쉬자.
6. 젊은 세대에 가치 있는 일자리를 만들어 줄 혁신적인 방법을 찾

자.

7. 자연을 존중하고 돌보자.

8. 부정적인 태도를 버리자.

9. 개종을 시키려 하지 말자.

10. 평화를 위해 일하자.

이 교황의 행복 10계명 중 첫 번째에 있는 '내 방식의 삶을 살되, 타인도 자신의 삶을 살게 두자' 는 자신의 인생을 살고 타인의 인생도 존중하라는 당연하면서도 지키기 어려운 계명이다. 하지만 읽기만 해도 행복해지는 말이다.

요즘 내가 다니는 한국전력공사가 행복한 일터(HWP, Happy Work Place)를 만들려는 노력을 더해 가고 있다.

조환익 사장이 부임한 2012년 말부터 시작된 캠페인이다. 직장이 놀이터가 아닌 이상 목표가 있고 목표의 달성 과정에서 많은 어렵고 힘든 일들이 발생한다. 그러나 목표 달성 못지않게 구성원의 행복도에 대한 배려가 있는 것이 HWP프로그램이다. 상호 신뢰와 배려로 직장 내에서도 행복을 가꾸어 가자는 것이다. 이젠 직장에서도 행복의 근간이 되는 가족지향의 프로그램들이 마련되고 있다.

한국전력공사는 2007년에 펀(Fun)경영을 시행하면서 재미있는 직장생활을 통한 창의력 증진과 고성과를 추구한 적이 있었다. 최근에는 본사가 나주로 이사한 후 새로운 KEPCO의 역사를 쓰자는 노력과 변화를 추구하는 의미로 조직문화 혁신을 위해 여러 가지 노력을 기울이고 있다.

조직에 몸담은 지 37년이 넘은 직장인으로서 바람직하지 않을 수 있지만 나는 경쟁을 좋아하지 않는다.

1978년도 입사시험을 통해 공개고시로 입사했고, 1989년도 초임간부로 승진하기 위한 관문인 초급간부임용고시를 거쳐 차장이 됐고, 2005년에 승진심사를 통해 부장으로 승진했다. 이 모든 과정이 어쩔 수 없는 경쟁이었지만 결코 행복한 과정은 아니었다.

이제 코흘리개 시절부터 고등학교를 졸업하기까지 살아온 고향땅 연천에 와서 지역발전에 기여하면서, 승진하고자 하는 마음을 접고 나와 조직 구성원들의 행복을 증진하는 데 보다 마음을 쓰고 있다.

돌이켜 보건대 나는 갈등을 싫어한다. DISC 행동유형 검사에 참여해 보면 나는 완벽한 S형이다. 내가 손해를 보더라도 원만한 합의나 타협을 바란다. 즉 경쟁 회피형이라고 볼 수 있겠다. 여성적이고 소심한 구석도 참 많다.

행복 사랑 온유 등 소프트한 용어가 좋다. 나름대로 행복한 직장을 위한 작은 노력들을 더듬어 본다.

2007년엔 초임부장으로서 인천전력관리처에서 좋은 분들을 만나 재미있는 송변전사업소 생활을 보내고 난 후 부장 3년차로 지방근무를 지원했다. 평창지점에 발령을 받았다.

그 때부터 나의 '행복고수' 로 가는 일정이 시작됐다. 먼저 지점 슬로건으로 "고객존중 행복가득 최우수평창지점" 이라고 정하고 포스터를 만들어 사무실에 배치했다.

이때부터 '유머단지' 를 만들기 시작했다. 커다란 플라스틱 사탕 용기에 스포츠신문과 인터넷에서 수집한 유머를 모으기 시작했다. 한 주에 한 번씩 '행복조회' 를 갖고 유머로 시작하는 하루, 일터의 행복을 소중히 하는 삶이 시작됐다. 홍보실, 강원본부 근무기간을 거쳐 2013년 말 연천지사로 올 때까지 잘 사용했고, 내 삶의 작은 행복 에피소드가 되어주었다. 게다가 2007년에 웃음치료 전문가 과정을 이수하면서 나의 행복여행은 마음 속에서 점점 풍요로워졌다.

2009년 부장 6년차에 본사 홍보실로 발령을 받았다. 내가 맡게 된 사회공헌팀은 한전사회봉사단을 운영하며, 자선활동, 노력봉사활동, 문화예술지원과 옥외광고를 담당하는 팀이다. 한국전력공사가 수행하고 있는 '고품질의 전기를 값싸고 안전하게 공급' 하는 기본 임무 외에 나라와 지역에 대한 광의의 사회적 책임을 다하기 위해 저변의 불우이웃을 돕고 문화소외계층을 지원하고 이를 잘 알리는 것이 주된 업무였다.

여기서 우리나라를 포함한 지구촌에는 도움이 필요한 사람이 정말 많다는 것을 절실히 느꼈고, 미력이나마 힘을 보태는 보람이 가슴 벅차고 자긍심을 갖게 하기에 충분했다. '다른 사람의 행복에 관심을 갖는 것이 행복' 이라는 것을 체험하면서 누구를 어떻게 도울 것인가를 함께 고민하던 팀원들과 정말 행복했던 시간이었다.

제법 규모가 있는 직장에는 대부분 한 달에 한 번씩 전직원 아침 모임이 있다. 한국전력공사도 마찬가지이다. 옛날엔 정례조회 또는 월례조회라고 했는데 요즘은 좋은 말로 이름 짓고 부드러우면서 자율적인 소통지향의 이벤트로 변했다. OMOT(Open Mind Open Talk), 소통미팅 등이다.

우리 연천지사는 지사 슬로건에서 따온 '행복공감' 데이로 부른다. 매월 한 번씩 함께 모여 행복을 다진다. 행복송을 함께 부르고 이 달의 연천인 시상, 생일직원 축하, 그리고 좋은 책을 소개하고 독서를 장려하는 북살롱 등 격려와 공감의 시간을 갖는다. 북살롱에서는 주로 행복을 주제로 하는 책들을 소개한다.

요즘 나는 법륜스님의 《행복한 출근길》, 류성의 《행복한 기업이 위대한 기업이다》 등 행복 지향의 서적을 읽으면서 나와 주변사람들의 행복을 모색하고 있다. 행복은 배려이고 다른 사람의 행복을 생각하는 것이라는 것을 되새긴다. 이 세상의 많은 분들이 행복고수가 되길 바라면서.

04

홍보맨으로 살아가기

나는 홍보맨이다. 한국전력공사에 근무하고 있는 37년 중에 12년을 홍보실에서 일했다. 그 중에 4년은 언론홍보를, 3년은 대외홍보물 발간업무를, 1년은 사내방송을 담당했다.

홍보실 업무의 꽃은 언론홍보 업무이다. 언론 관계의 창구로서 회사의 입장을 대변하는 얼굴이자 입이다. 언론홍보 업무는 자부심을 가질 수 있는 일이었다.

1992년부터 1996년까지 원자력 분야의 언론홍보를 담당했다. 나는 원자력홍보 담당이었다. 원자력발전 및 건설부서에서 보도자료 초안을 보내오면 내용을 파악해 기사문으로 다시 작성하고 이를 홍보실장의 결재를 받아 언론사에 보내는 일이 주임무였다. 이에 따른 기자들의 문의에 답변하고, 나중에 보도된 기사를 점검하여 보고하는 일이 뒤따랐다. 한편으론 당시 새로 생긴 환경처 출입기자단을 관리하는 일이 나의 부속업무였다.

그 밖에 분기별로 보도내용을 분석해 트렌드 분석을 하는 것과 매일 가판 신문을 스크랩해 '주요기사 발췌'를 편집해 경영진에 배포하는 일, 지방지를 모니터해 사업소의 홍보활동을 피드백하는 일도 나의 임무였다.

원자력 홍보담당으로서 기억에 남는 일은 국제환경단체로서 영향력이 있는 반핵단체 그린피스가 한국을 방문하는 데 따른 반원전 분위기 확산 우려에 대한 대응이었다. 환경처 기자실 담당으로서는 산청양수발전소 건설에 따른 환경영향평가의 적합성 논란에 대한 기자간담회가 떠오른다.

언론홍보 업무중 가장 기억에 남는 것은 위기 대응 사례이다. '부산 구포역 열차 전복 사고'에 대해 위키백과에 실린 1993년 3월 28일 MBC 뉴스의 일부이다.

앵커 : 여러분 안녕하십니까?

뜻하지 않은 열차전복 사고가 발생해서 마음을 놓고 있던 휴일 오후를 기습했습니다. 정확한 인명 피해는 집계되지 않고 있습니다다마는 현재까지 56명이 사망하고 110여 명이 중경상을 입는 어이없는 대

참사로 현장에서 취재되고 있습니다.

이 사고 원인으로 선로 지반이 4.5m나 주저앉아서 발생했다고 하는 점에서 인재에 의한 사고가 아니었는지 안타깝습니다. 보다 자세한 소식은 현장으로 마이크를 넘기도록 하겠습니다.

기자 : 예. 부산입니다.

앵커 : 사고개요가 아직 정확하게 정리가 안 됐습니다.

기자 : 그러면 먼저 사고 개요부터 정확히 전해 드리겠습니다.

오늘 오후 5시 25분쯤 부산의 구포역 부근 서울기점 427㎞ 지점에서 33세 노진환 씨가 운행을 하던 서울발 부산행 제 117 무궁화호 열차가 지반이 내려앉으면서 기관차 9량 가운데 4량이 전복됐습니다. 현재까지 밝혀진 사상자는 56명이 숨진 것으로 확인이 됐습니다. 40명이 중상을 입었고, 74명이 경상입니다. 그래서 사상자가 170여 명에 이르고 있습니다.

사고현장에는 구급차와 소방차 등이 출동을 해서 구조작업을 펴고 있는데 사망자수는 병원에 따라 각 병원마다 확인이 되면 더욱 늘어날 것으로 보입니다.

사고 기관차는 내려앉은 지반을 들이박고 흙더미에 파묻혔는데 5호 객차 등 4량의 기차는 탈선을 해서 흙속에 박혔습니다.

이것은 경부선 하행선의 구포역 인근에서 무궁화호 열차가 전복

되어 78명의 사망자와 198명의 부상자를 낸 사고이다. 1977년의 이리역 폭발사고의 사망자 숫자를 경신한 한국 최악의 철도 사고였다.

그런데 그 원인이 한국전력 지하 전력구공사의 시공업체인 삼성종합건설이 철도법에 따른 사전 승인을 받지 않고 시행한 무인가 지하 발파로 밝혀졌다. 이로 인해 삼성동 본사에는 수십 명의 기자가 거의 2주일간 홍보실에 진을 치고 취재와 보도에 열을 올리고 있었다.

기업 이미지에 중대한 위협이 예상되는 위기상황이었다. 힘든 여건 속에서도 의연하게 위기상황을 진두지휘하시던 이종훈 사장, 최기정 홍보실장이 지금도 눈에 선하다.

사고 보고를 접하자마자 우리는 신속하게 사과 광고를 준비했다. 다음날 아침 조간신문에 내기 위해서 언론사에 협조요청을 하면서 한쪽에선 광고 문안을 준비했다.

사장까지 보고하기엔 시간상 광고 마감 시간이 너무 촉박했다. 모든 경영진이 홍보실로 모였다. 당시 권영무 부사장의 확인을 받고 즉시 언론사에 송부했다.

그리고 상황을 정리해 보도자료를 내고 기자들에게 상황을 설명했다. 하지만 언론은 냉정했다. 어쩔 수 있겠는가. 많은 사람들이 희생됐고 사업의 발주자는 우리 회사이므로 법적인 책임은 시공업체에서 진다 하더라도 인도적인 책임은 질 수밖에 없었다.

거의 열흘 동안 잠도 못자면서 기자들에게 시달렸다. 당시 박스 기사로 한전과 철도청이 책임미루기 공방을 벌인다는 식의 가슴 아픈 내용이 실렸었다.

그때 해당 기자에게 조목조목 항의하던 박순보 과장이 기억난다.

홍보맨은 회사가 어려울 때 잠도 자지 않고 위기로부터 구해야 한다. 특히 대형사고시에는 언론대응으로부터 위기수습이 시작되고 여론으로부터 몰매를 맞지 않도록 순발력과 결단력으로 대응해야 한다.

모든 일은 초기 대응 즉 골든타임의 액션이 정말 중요하다. 그래서 위기관리 매뉴얼이 필요하고 위기대응 조직이 필요하다. 평소에 충분히 훈련되어야 함은 물론이다.

홍보실은 평상시 홍보의 사령탑이며 동시에 언론사와의 창구로서 소총수가 된다.

한편 경영상의 중대한 분수령이 될 수 있는 위기의 관리와 대응에 있어서는 CEO와 긴밀한 소통하에 총사령관의 역할을 수행해야만 한다. 홍보맨으로서 그 시절은 자부심과 함께 항상 긴장의 연속이었다.

05 행복을 곱하기

우리 회사는 2004년 5월부터 사회봉사단을 만들어 전국적인 조직을 활용해 체계적이고 전문화된 사회공헌 활동을 펼치고 있다. 2만여 자원봉사자들은 사회의 그늘진 곳곳에서 이웃의 아픔을 공감하며 이웃사랑, 문화사랑, 환경사랑, 재난구호 등 다양한 자원봉사활동을 통해 보람을 찾으며 구슬땀을 흘리고 있고, 최근에는 아프리카, 필리핀 등 해외의 불우한 이웃에게도 도움의 손길을 펼치고 있다. 한전 사회봉사단은 노력봉사를 위주로 하고 경우에 따라 물적 지원을 병행한다.

봉사단의 운영기금은 직원들의 기부와 회사의 지원으로 마련된다. 직원들이 매월 1,000원에서 2만원까지 기부를 하는 것을 러브펀드(Love Fund)라고 하고 회사에서 직원들이 낸 기부금의 2배를 매칭 그랜트(Matching Grant)로 지원한다.

한국전력공사, 각막기증 신기록 경신

"앞을 보지 못하는 시각 장애우들에게 희망의 빛을 전하고 싶습니다."

지난해 10월 19일부터 '사랑의장기기증운동본부(본부장 박진탁)'와 한국전력공사(사장 김쌍수), 전국전력노동조합(위원장 김주영)이 함께한 'KEPCO와 함께하는 한빛나눔 각막기증 캠페인'이 대단원의 막을 내렸다.

이번 캠페인을 통해 전체 임직원의 42.2%인 8,138명이 장기기증 등록에 동참하는 놀라운 결과를 낳았다. 이는 단일 단체가 한 번의 캠페인을 통해 세운 최고 기록으로 지난 2007년 현대중공업이 세운 6,217명의 기록을 경신한 것이다.

2011년 1월 12일 주요일간지들이 한국전력의 각막기증 캠페인을 소개한 기사의 머리 부분이다.

회사생활 중에서 포근하고 따뜻한 마음이 가득 차오르는 경험을 자주 하기는 쉽지 않다. 하지만 요즘은 사회적 책임, 이익의 사회적 환원 등이 당연시 되고 있어 규모가 어느 정도 되는 기업은 봉사단이나 사회공헌 담당조직이 있게 마련이다.

2009년부터 2012년 초까지 사회공헌팀의 팀장으로 일을 했다. 잘 운영되고 있는 명품 프로그램들을 발전시키고 새로운 프로그램을 발굴해 국가와 지역사회의 어두운 곳을 밝히는 데 기여하는 것이 이 팀의 임무이다.

당시 우리 팀은 나라경제의 어려움과 정치적인 여건, 그리고 지금도 마무리되지 못한 전기요금 연료비 연동제의 도입을 앞두고 전기요금 인상을 하지 못해 순이익을 내지 못하던 때라 사회공헌에 대한 내외부의 곱지 못한 시각도 있었다.

한전의 '희망사랑 나눔콘서트' 는 지방의 문화소외계층을 중심으로 오케스트라의 음악을 선사한 지 약 15년이 되었고, 전기요금을 못 내는 가정의 전기요금을 지원하는 '사랑의 에너지 나눔' 이 10년 동안 국민들의 사랑을 받는 명품 프로그램이다.

2010년, 앞 못 보는 이웃들을 위해 장기기증운동본부와 함께 각막기증캠페인을 벌여 8,316명이 각막기증을 등록했고, 2010년부터 'Eye Love 천사' 프로그램으로 실명예방재단과 함께 국내는 물론 해외를 포함해 매년 10명씩 개안수술을 해 주고 있다. 적자경영이 지속되는 상황에서 만들어낸 이 두 프로그램은 내겐 가슴 뛰는 보람이었고, 당시 수고한 김홍기 차장과 함께 자랑하고 싶은 것들이다.

지금 내가 글을 쓰는 이곳은 경기도 북방의 DMZ 34㎞를 접하고 있는 연천군의 군청소재지 연천읍이다. 지난 해 10월 이곳에서 '희망 · 사랑 나눔 콘서트' 가 열렸다. 하성호 씨가 지휘하는 서울팝스 오케스트라를 초청한 것이다. 연천의 수레울아트홀에서 가진 이 콘서트는 만원을 이뤄 꽤 많은 분들이 입장을 못했다.

이 콘서트 덕분에 이곳 장기현 연천고등학교 동문회장님을 비롯해 많은 분들에게 인사를 받았다. 우연히 만난 어떤 고객은 내가 한전 지사장이라는 얘기를 듣고는 많은 사람들이 있는 곳에서 직접 나를 소개하면서 '우리나라의 전기요금은 정말 싸다. 이번에 연천에 훌륭한 콘서트를 유치해 줘서 감사하다' 며 거듭 거듭 고맙다고 칭찬해 주는 데 몸둘 바를 모른 적이 있다.

소소하나마 지역에서 노인들을 위해 국수 나눔에 동참하고 불우 이웃들에게 주기적으로 쌀과 라면 등 생필품을 전해 주는 것도 보람이 되었다.

다른 사람의 행복을 생각하고 그것을 가꾸어 가는 것은 진정으로 가슴 뿌듯함이 밀려오는 일이다. 이런 것이 행복이 아니라면 무엇이 행복이겠는가. 오늘도 그 시절의 마음을 되새기며 호국보훈의 달을 맞아 불우한 보훈가족을 위해 직원들과 쌀과 라면을 싣고 회사를 나선다.

무엇이든 나누면 나누는 만큼 행복은 곱해진다.

06

고객사랑 이야기

나는 내 자신이 나의 최고의 고객이라고 주장하는 사람이다. 고객은 '상점 따위에 물건을 사러 오는 손님' 이다. 우리 회사 한국전력은 전기를 사용하는 모든 분들, 즉 국민 모두가 고객이다.

고객의 중요함은 아무리 강조해도 지나침이 없다. 고객이란 기업을 존재할 수 있게 하는 기본 요소이기 때문이다. 그래서 고객의 중요성과 고객의 호감이 최고선이라는 금언과 구호는 너무도 많다. 고객은 왕이다. 고객은 항상 옳다. 고객이 행복할 때까지, 고객만족, 고객감동, 고객졸도….

1970년대에 '수용가 봉사' 라는 용어로 시작된 우리 회사의 고객지향은 어느 때부터 '고객봉사'로, 요즈음은 '고객서비스'란 단어로 정착되었다. 서비스의 개념도 방문고객이나 만나는 고객에 대한 업무처리를 잘 하자는 데서 이젠 고객의 니즈(needs)와 원츠(wants)를 찾아서, 미리 알아서 해결하려는 방향으로 간다. 사용하는 용어에서부터 불합리한 약관의 개정, 사전에 불편한 사항을 없애려는 노력을 기울이고 있다.

우리 회사의 '핵심가치'에 '고객존중'이 명시되어 있고 모든 업무에서 고객을 최상위의 기준으로 두고 있다. 이런 노력에 힘입어 11년 연속 정부고객만족도 조사에서 최고등급을 유지하고 있다.

하지만 고객은 계속 진화하고 까다롭다. 고객을 대하는 우리의 자세도 계속 변해야 한다. 요즈음은 고객행복위원회를 만들어 좀 더 다가가려는 노력을 기울이고 있다.

고객을 지향하는 마음가짐에 대해 생각해 보자. '고객을 위해서'라는 개념과 '고객의 입장에서'라는 개념이 있다. 창업 16년 만에 모기업인 미국의 세븐일레븐을 인수해 버린 세븐일레븐 재팬의 회장 스즈키 토시후미는 그의 저서 《최악의 불황에도 팔리는 건 팔린다》에서 이렇게 말한다.

"내 경우 변하지 않는 관점의 기본은 항상 '고객의 입장'에서 생각하는 것이다. 정답은 항상 고객 안에 있고 고객의 심리 깊이에 숨겨져 있기 때문이다. '고객을 위해서' 생각하는 것과 '고객의 입장' 에서 생각하는 것은 언뜻 비슷해 보이지만 전혀 다른 답이 나올 수 있기 때문이다. …(중략)… '고객을 위해서' 라고 말은 하지만 '판매자의 입장' 에서 생각한 연후이고 거기에는 과거 경험을 기초로 한 고객에 대한 잘못된 인식과 단정이 있다. 이에 반해 '고객의 입장' 에서 생각해 보면 판매자로서의 입장과 과거경험을 부정해야 한다. 물론 '고객의 입장' 에서 생각하고 '고객을 위해서' 일하는 사람들도 있을 것이다. 하지만 '고객을 위해서' 라고 말은 하면서 무의식중에 판매자의 입장에서 생각하는 경우가 많다."

새겨 봄직한 말이다.

나는 스스로를 존중하고 행복한 사람이 어떤 일이든 잘 할 수 있다고 믿는다. 그래서 나는 우리가 잘 하려고 하는 고객을 대하듯이 자기 자신도 고객으로 보고 서비스해야 한다고 주장한다. 왜냐하면 자기 자신을 대하듯 고객을 대해야 진정한 고객서비스가 가능할 것이기 때문이다.

2013년 12월 연천지사에 부임해 직원들에게 처음으로 보낸 이메일과 2014년 새해에 즈음하여, 그리고 2015년 4월 전 직원들에게 보낸 편지의 일부를 소개한다.

우리 연천지사는 우리 모두의 의견을 모아 앞으로 가꾸어갈 우리의 모습을 상징하는 캐치프레이즈를 '고객사랑 행복공감 자랑스런 연천지사'로 정했습니다.

고객을 존중하고 사랑하고 나아가 감동시키는 것은 우리의 영원한 과제이며 사명입니다. 하지만 지금부터는 고객이란 용어에 대하여 말할 때 흔히 말하는 프레임, 즉 우리가 보고 생각하는 틀을 조금 넓혀 봅시다.

우리가 고객의 의미를 보다 넓게 보아 협의의 고객은 물론 우리 자신, 가족, 동료를 고객으로 보고 존중하며 사랑한다면 우리 스스로가 행복해짐은 물론 온 세상으로부터 믿음과 사랑을 받는 연천지사로 변해 있을 것입니다. – 2013. 12. 19. 오전

저는 이미 부임 후 처음으로 보내드린 이메일을 통해서 우리의 고객은 우리 자신을 포함하여 가족 동료 상사까지도 포함하는 개념으로 사고와 행동의 틀을 넓히고 행복한 연천지사를 만들어 갈 것을 여러분께 말씀드린 바 있습니다.

긍정적인 생각으로 우리가 잘 하고 있는 것은 더욱 발전시키고, 실패를 두려워하지 말고 도전해 나갑시다. 자신과 서로의 도전을 칭찬하고 격려합시다.

사랑하는 연천지사 가족 여러분, 다시 한 번 말씀드립니다. 누가

뭐래도 행복하십시오. '그 무엇도 내 허락 없이는 나를 불행하게 만들 수 없다'는 무지개 원리를 명심하시기 바랍니다. 우리가 함께 가꾸어가는 행복한 모습을 상상하면서 새해 첫 인사를 마칩니다. 새해 복 많이 받으시기 바랍니다.

행복은 우리 모두의 소망입니다. 나 자신을 포함한 이웃을 사랑하는 마음에서 진정한 행복이 옵니다. 우리 모두 행복감을 같이 느끼는 행복공감의 연천지사를 위해 생각과 행동을 모아봅시다.

– 2014. 1. 2

자랑스런 연천지사 가족 여러분.

오늘도 행복을 선택하시기 바랍니다.

오늘 영업 창구에 모여 '고객사랑' 조회가 있었습니다. 올해부터는 고객만족도 조사대상에서 경험고객과 비경험고객의 비율이 40:60으로 바뀌어 비경험 고객의 비중이 높아집니다. 게다가 비경험고객을 대상으로 한 설문조사 중 회사와 접촉이 있었던 고객을 경험고객 40%중 10%에 포함시키기 때문에 고객만족 활동여건이 더욱 어려워지고 폭넓은 노력이 필요해졌습니다.

우리 지사의 슬로건은 '고객사랑 행복공감 자랑스런 연천지사'입니다. 제가 기회 있을 때마다 말씀드리는 얘기인데 오늘날은 '고객의 시대'입니다.

저는 이 말을 ‘나를 포함한 모든 사람들이 고객이다’ 라는 뜻으로 사용합니다. 오늘 저는 ‘고객사랑’ 과 관련해서 고객의 입장에서, ‘세상에서 가장 소중한 존재’ 인 나를 포함한 ‘고객의 입장에서 살아가자 ‘는 말씀을 드립니다.

우리가 사는 세상에서 가장 중요한 원리는 ‘존중’ 입니다. 나 자신을 존중하고 사랑하는 마음으로 내 주변을 존중해야 합니다. 가족, 동료, 고객….

그렇습니다. 가장 가까운 나부터 먼 데까지….

나 혼자 있을 때는 내 행복을 위해, 나의 자존감을 위해 내 입장에서 생각하고 행동합니다. 고객을 만날 때는(그 고객이 동료이든 가족이든 좁은 의미의 고객이든) 고객의 행복을 위해, 고객의 자존감을 위해 고객의 입장에서 생각하고 행동하고 의사결정을 하고 도와줘야 합니다.

‘고객을 위해서’ 라는 개념을 넘어서서 ‘고객의 입장에서’ 일하자는 뜻입니다.

너무 심각한 분위기를 바꾸기 위해 더 진지한 조크(?) 하나 보내드립니다.

지옥을 만드는 방법은 간단합니다.

가까이 있는 사람을 미워하면 됩니다.

천국을 만드는 방법도 간단합니다.

가까이 있는 사람을 사랑하면 됩니다.

모든 것이 다

가까이에서 시작됩니다.

- '좋은글' 중에서 인용

항상 행복하시기 바랍니다.

- 2015. 4. 23 김봉길 올림

나에게 나 자신을 제외하고 가장 소중한 고객은 우리 직원들이다. 나는 스스로 행복고수이므로 항상 행복한 사람이다. 우리 직원들이 행복해야 밖의 고객들도 행복하게 할 수 있다.

오늘도 나는 내외부의 모든 고객들이 행복할 수 있도록 '고객의 입장' 에서 하루를 시작한다.

07

박격포 사격장의 추억

"망월산, 망월산, 여기는 서오릉 이상!"

"여기는 망월산, 수신완료, 이상."

"Fire Mission! OMAZ 삼둘공공, OTAZ 공팔삼공, 발사준비 후 보고! 이상."

"편각 삼하나팔공, 사각 공구삼공, 장약 넷."

"발사준비 끝."

"서오릉, 서오릉, 여기는 망월산, 이상!"

"여기는 서오릉, 수신완료 이상."

"발사준비 끝."

"발사."

1983년 10월 경기도 파주시 광탄면 용미리의 81㎜ 박격포 사격장에서 3일째 사격훈련 중이었다. 당시 나는 병장으로 제대를 한 달 남겨 놓은 계산병으로서 포진이 내려다보이는 사격지휘소에서 관측소에 있는 소대장의 명을 받아 포진에 사격명령을 내리고 있었다. 계산판을 이용한 편각 및 거리 계산은 조수 전용택 일병의 몫이었다. 나는 무전기를 들고 관측소와 교신하고 있었다.

나는 1981년 8월에 당시 의정부에 있는 망월사역 앞의 101보충대를 거쳐 '무적의 30사단'에 입대했다. 부대 휘장은 빨간색 바탕에 흰색 글씨로 아라비아 숫자 30을 '스마일' 모양, 즉 크게 웃는 얼굴과 입모양으로 보이게 디자인되어 있다. 당시 주소로 고양군 신도읍 화전리에 있는 30사단 사령부 구내의 신병교육대에서 훈련을 받았다. 기본교육 4주, 주특기 2주를 마쳤고, 주특기는 '주특기번호 105, 박격포'였다.

신교대에서 1소대 향도를 맡아 대표로 매도 많이 맞았지만 수료할 때는 훈련과 시험성적 1등으로 사단장 표창을 받았다. 태권도 유단자라는 이유로 사단장 직속 수색대에 배치를 받았다.

사단 수색대는 수색정찰을 주임무로 하는 특임부대로 일반 보병 훈련 외에 유사시 적 후방 침투 등 특수임무를 수행하기 위해 매년 특수전 훈련, 천리행군, 공수지상훈련을 한다.

수색대 휘장에는 독수리와 함께 수색정찰대의 약어인 RCN이 새겨져 있다. 그리고 모자에는 낙하산과 날개 모양의 '공수 윙'을 달아 다른 부대와 차별화를 한다. 함께한 네 명의 수색대 동기들은 나 외에 조성준, 최성복이고 다른 한 사람은 곧바로 다른 부대로 전속이 되어 이름이 기억나지 않는다.

우리 셋은 면회와 외출을 함께하며 전우애를 다졌고 제대 후 30년이 넘은 지금도 부부동반으로 모임을 갖는다. 2014년에는 속초와 러시아 자루비노항을 거쳐 백두산을 다녀왔고 조만간 유럽여행을 함께할 계획이다.

박격포는 포신 내부에 강선이 없는 활강포로 장약의 폭발 압력으로 포탄을 쏘아 보낸다. 장약의 갯수와 포열의 각도로 거리를 조절한다. 포탄이 날개 안정식이라서 바람의 영향을 많이 받는다. 지면과 높은 각도를 이루는 고각발사방식으로 장애물을 피해 표적공격을 하기 쉽다. 산지와 구릉이 많고 고층아파트가 밀집한 한국의 특성상 유사시 전투임무 수행에 매우 유리하다.

우리가 사용하는 81밀리 박격포는 당시 수색대에는 훈련소에서 쓰던 M1 박격포에서 M29A1 신형 박격포로 바뀌어 있었다. 포판이 강화 알미늄으로 가벼웠다.

M29A1 81밀리 박격포는 최대사거리 4,737m로 무게는 42.5kg이다. 고폭탄은 살상반경이 25미터이고 연습탄은 5미터였던 것으로 기억난다. 연습탄은 신관이 있는 탄두에 화약 대신 석회가 들어있다. 평소 교육훈련 때에는 훈련탄과 축사탄을 이용한다. 이동시 포판 포다리 포열로 분리해서 운반하며 전시에는 쓰리쿼터 트럭을 이용하는 것으로 되어 있었고, 1982년 팀스피리트 훈련 때는 장갑차(APC)에 싣고 남한강 일대를 누볐던 기억이 난다. 벌써 30여 년이 지났고 인터넷으로 확인해 보니 우리 국방과학연구소에서 개발한 KM187 신형 박격포는 최대사거리가 6,300미터에 지속 발사속도가 25% 향상되고 살상위력도 1.36배 커졌다고 한다.

다시 포사격 얘기로 돌아가자. 소대장은 약 2㎞ 떨어진 관측소에서 관측병과 함께 있었고, 포진에는 입대 동기인 조성준 병장이 사수인 3포가 기준포로 되었다. 소대의 박격포 사격은 기준포가 세 발을 쏴서 방향과 거리를 잡고 다른 두 문이 함께 효력사를 한다. 훈련 3일째인 이 날 하마터면 제대가 연기될 뻔한 대형사고가 터졌다.

포진에서 '사격준비 완료'를 알려오고 소대장의 명령에 따라 '사격' 명령을 내렸다.

"뻥!"

"삐융."

발사음과 함께 포탄이 포구를 떠나 타겟을 향해 날아간다. 잠시 후 "꿍" 소리가 나는데 연기가 보이지 않는다. 그리고,

"여기는 서오릉, 포탄이 민가 쪽으로 떨어졌다. 잠시 대기 이상."

관측소의 인재철 일병에게서 긴박한 무전이 날아왔다.

나는 즉각 후임 계산병의 계산판을 빼앗아 사격 제원을 확인했다.

"휴우!"

이상은 없었다. 포진에서는 난리가 났다. 갑자기 3포의 분대장과 사수가 관측소 방향으로 뛰어가기 시작했다.

2킬로미터의 거리를 뛰어가서 어쩌자는 것인가. 관측소의 연락을 받고 결국 잠시 후 되돌아 왔다. 다행히 고폭탄이 아닌 연습탄 사격이어서 인명과 재산상의 피해는 없었다. 지난 이틀 동안처럼 인마살상용 고폭탄이었다면 대형 사건이 될 일이었다.

사격실수의 원인은 이랬다. 지난 이틀 동안 늘 연습해 오던 사격장이어서 명중률이 평균 90%를 넘었는데 그 날은 분대장의 나침의를 이용한 포방렬 방향이 실수로 200밀리나 왼쪽으로 돌아간 것이다. 탄착지까지는 3킬로 가까이 되므로 600미터 좌측으로 포탄이 떨어진 것이다.

포진에서 분대장의 어이없는 방위각 측정 실수를 나의 동기인 조성준 병장이 사수로서 이의를 제기했는데 받아들여지지 않아 문제가 된 것이다. 한 순간의 방심에 인명 피해는 물론 여러 사람의 신상

에 큰 일이 날 뻔한 것이다.

여기서 나는 앞이 캄캄했던 순간의 기억에 몸서리친다. 그리고 내게 책임이 돌아올까 봐 후임 계산병의 계산을 확인하고 안도의 한숨을 쉬던 그 순간을 잊지 못한다. 우리가 살면서 인명피해를 유발하는 사고를 낸다는 것이 얼마나 큰일인가. 군복무 중에, 그것도 제대를 눈앞에 두고 그런 일이 생기는 것은 상상만 해도 얼마나 끔찍한 일인가. 지금도 그 순간만 생각하면 정신이 아찔하다.

우리는 더 이상의 사격을 중지한 채 정비에 들어갔다. 저녁 식사를 하고 잠이 들 무렵 일이 터졌다. 안 좋은 일은 겹치는가. 밤 깊은 시간에 졸병 둘이 막걸리를 사오다 순시 나온 대대장에게 들켜 대대장 지프차에 실려온 것이다.

복장도 완전히 엉망인 상태였다. 군화 대신 실내에서 쓰는 고무영내화를 신고 군인도 노무자도 아닌 모양새였다. 비상이 걸렸고 잠을 자려던 전 소대원이 집합을 했다.

"사격 성적은 좋았나?"

대대장이 묻는다.

"예! 3일 평균 92%입니다."

소대장이 대답하며 사격일지를 보여준다.

"잘했어. 이 시간 이후로 불침번 외에는 열외 1명 없이 취침한다. 알았나?"

평소 같았으면 보통 깐깐하지 않은 대대장에게 군기문란으로 꽤나 혼나고, 그 여파로 들킨 졸병들은 '푸닥거리 한 판' 에 시달렸을 것이다. 포사격 실수로 십년 감수하고 대대장한테 '박살' 까지 나는 일은 생각만해도 소름이 끼치는 일이다. 대대장의 푸근한 인심(?) 덕분에 그 날은 졸병들도 편히 잠을 잘 수 있었으리라.

벌써 30여년 지난 일이니까 한 가지 더 공개한다면 포사격장에 '위문' 차 들러 소대장 텐트 안에 숨어있던 소대장 부인도, 소대장도 간이 콩알만 했을 것이다.

나는 수색대에 근무하면서 사단장 공관에 보초를 서며 배가 터지도록 "근무중 이상 무" "계속 근무하겠음" 을 외치던 기억을 사랑한다. 특공무술을 가르치며 망월산을 누비던 30사단 수색대대 시절을 그리워한다.

지금도 경기도 양주의 칠봉산에서의 공수 지상훈련이 생각나고 모형문, 공중동작, 접지에 이어 송풍 훈련과 막 타워가 생각난다.

"이병 김봉길" "노래 일발 문에~ 서" "담배 일발 문에~ 서" 를 외치던 수색대 신병시절, 고참들의 "뛰어" 구호에 "일 만, 이 만, 삼 만, 사 만" 을 외치던 기억, 꿈에서라도 돌아가고 싶지는 않지만 그 시절을 생각하며 미소 짓는다.

더불어 81밀리 박격포 계산병으로서 4.2인치 박격포의 야전교범을 빌려보며 사격일지를 고안해 내던 그 때를 추억한다. 그 때는 나의 '푸른 시절' 이었다.

그 후 고양시에 있는 행주산성 입구에서 '열린마당' 이라는 음식점을 경영하는 최성복 병장의 주선으로 군입대 동기이며 수색대 동기인 세 사람의 모임이 지속되고 있다. 우리 30사단 수색대 삼총사는 부부 동반으로도 자주 만나고 함께 백두산도 다녀왔다.

위기일발 사격장 사건 당시의 유성환 소대장은 최성복 병장의 손위 처남이 되었다.

유성환 소대장은 지금도 가끔 만나 용미리 사격장의 추억을 얘기하면 하마터면 모두 이등병으로 강등되고 제대도 연기될 뻔했다고 농담을 한다. 인명사고가 없어서 다행이라면서….

지난 1월 24일 동기 최성복 사장의 주최로 30사단 수색대 전우모임을 창립했다. 10월 3일에는 부대에 위문도 다녀왔다. 12월 12일에는 송년회를 한다고 한다. 지나간 것은 그리워지나니.

"30사단 수색대대 파이팅!"

제3장

나를 행복하게 하는 것들

01

산이 좋아 계곡이 좋아

산새들이 길을 안내하는 예쁘고 호젓한 산행이었다.

연휴 마지막 날 석가탄신일. 내 고향 연천에 지사장으로 부임한 지 일 년이 넘도록 그렇게도 가 보고 싶어하던 성산(520m)에 올랐다.

물이 맑고 굽이굽이 흐르는 계곡 경관이 수려해 연천군의 대표적인 관광계곡인 동막리계곡이 돌아가는 성산 자락에는 여러 군데 풍혈이 있다. 어릴 때 여름 더위를 식히느라 이 계곡에서 벌거숭이 물놀이와 더불어 산자락의 풍혈에서 얼음바람을 쐬던 기억이 떠오른다.

당시엔 산 이름도 몰랐고 풍혈 부근엔 산이 가팔라서 오를 생각도 못했다. 성산 등산로는 2005년 3월부터 고향친구인 연천지킴이 이윤승 씨가 주도해 많은 분들과 수 개월 동안 애를 쓴 노력의 산물이다. 내겐 여러 모로 의미 있는 산이다.

지난 1월 1일 연천읍의 군자산(328m) 새해맞이 일출 산행 후 다섯 달 만에 사랑하는 나의 아내 '웃음가득' 님과 '행복고수'가 함께 산행에 나섰다.

7시 20분 길 옆의 밭에 물을 주는 아주머니에게 진입로를 물어 어린이 놀이터를 거쳐 산길에 오르니 벌써 산새들의 환영이 시작됐다. 가까이서는 산비둘기, 이름 모를 여러 종류의 산새들, 멀리서는 뻐꾸기 울음소리가 정겹다.

"구우우 구구우."

"쪽 쪼로로로 쪽 쪽쪼로로."

"뻐꾹 뻐꾹 뻑뻐꾹."

산등성이 하나 넘으니 이번에는 딱따구리의 나무구멍 파는 소리다.

"다다다다다다 다다다다다다다."

분명 가까이 들리는데 보이진 않는다. 소리만 들어보고 한 번도 직접 보지 못한 딱따구리를 볼세라 한참 찾다 포기한다.

정상에 이르는 길에 거쳐 가는 범바위, 거북바위와 전망대. 처음 오른 고향산 성산에서 내려보는 동막리계곡 풍경이 옛 추억을 일깨

운다. 풍덩거리며 장난치고 물싸움하던 친구들이 그립다.

세 시간 만에 정상에 오르니 북쪽으로 산 위에 지어진 현대식 군부대 건물이 발아래로 보이고 멀리 연천군의 주산인 보개산(지장봉 877m)과 철원의 금학산(941m)도 보인다,

정상에서 인증샷. 준비한 과일로 간식. 정상주는 없다. 약간 아쉬움이 남는다. 하산지점의 계곡상회와 연천교통에 전화로 버스시간을 물으니 지금 내려가서는 11시 버스시간에 맞출 수는 없겠다. 세 시간 후에나 다음 버스가 있다고 한다. 남근석과 병풍바위를 지나 하산하니 11시 20분. 어쩔 수 없이 출발점으로 돌아오는 데는 그 동안 이골이 난 히치 하이킹.

조홍별장에 도착해 시원한 맥주 한 잔에 나의 사랑하는 '웃음가득' 님의 정성이 담긴 점심식사. 삼겹살에 취나물 쌈으로 입과 코를 즐겁게 하니 무엇을 더 바라랴! 조홍별장은 회사에서 전세로 얻어준 아파트로 내가 아파트 이름을 빌려 조홍별장이라 명명했다. 11층 베란다로 내려다보는 차탄천과 양금산(310m)이 어우러진 풍경과 복도에서 내려다보는 망곡산(189m)공원과 연천시가지가 시원하게 펼쳐진다.

휴일 산행 후 음미하는 고향의 정경은 더욱 포근하다.

나는 한국전력공사에서 '산사람' 으로 통한다. 요즘은 산에 다녀온 후 몇 장의 사진과 함께 산행기를 블로그에 올리는 재미가 쏠쏠

하다.

1985년 7월 서울 북부지점에서 인사처 총무부로 발령을 받았다. 전국사업소장회의, 경영진과 처실장이 참가하는 주간간부회의, 본사 전직원이 참가하는 월례조회 등 사장님이 주관하시는 각종 행사와 회의 주관하고 사무용 비품 등 용도품을 보급하는 부서이다. 여기서 내 인생은 등산 친화형으로 바뀌었다.

당시 박정기 사장은 임원과 처실장이 참석하는 매주 주간간부회의를 분기에 한 번씩은 토요일에 근교의 산에서 가졌다. 이름하여 '산상간부회의'. 이를 주관하는 우리 부는 미리 적합한 회의장소가 있는 산을 미리 만들어 놓아야 했다. 사전에 후보지를 물색하고 사전 답사를 해야 했다. 이를 위해 본사 산악회원들의 도움을 받아야 했고 산악회 간사들과의 운명적인 만남이 시작됐다.

경치도 좋고 한 시간 반에서 두 시간 정도의 산행 후 회의를 할 수 있는 근교산. 등산로가 잘 되어 있어야 한다. 검봉, 해협산, 무갑산, 도척산, 화야산, 국사봉, 앵자봉, 양자산 등. 휴일이나 경우에 따라서는 평일에도 산악회 간사들과 사전답사를 했던 산들이다. 이렇게 고락을 같이하니 어찌 정이 들지 않겠는가. 그들은 나의 평생 동지가 됐다.

1992년 속초지점에서 3년을 근무하고 다시 서울로 돌아와 강남구 삼성동에 있는 본사 홍보실로 근무지가 바뀌었다. 나는 그간의 인연으로 산악회의 간사를 맡게 되었다.

그 후 10여 년 동안 전국의 산과 계곡을 누볐다. 산을 배우고 회원들을 안내하는 즐거움은 오늘의 내가 행복고수가 되는 토대가 됐다.

설악산 서북능선 개방 후 첫 번째 겨울산행에서 지친 여회원을 업고 서북능선에서 장수대까지 내려오던 일. 대절한 버스가 고장나서 어려움을 겪던 일. 산악회 임원진 주방장을 맡았다가 중도 하차한 일. 자잘한 추억들이 주마등처럼 스쳐간다.

행복은 즐거웠던지 힘들었던지 그 추억을 되새기는 것.

02 축구에서 배우는 삶

"축구는 내가 인간으로 태어나 건진 최상의 것이다."

이건 시인 최영미 씨가 《공은 사람을 기다리지 않는다》라는 책에서 던진 말이다. 시인의 축구 사랑과 열정이 느껴진다. 그녀는 박지성의 맨체스터 유나이티드와 이청룡의 볼턴 원더러스를 방문하고 축구팬들의 로망인 엘 클래시코, 즉 스페인의 바르셀로나 팀과 레알 마드리드 팀의 경기를 관전하고 쓴 유럽 축구 체험기와 우리의 K-리그 관전기 그리고 2002한일월드컵 관전기 등 신문과 축구 월간지에 기고한 글을 묶어 책으로 냈다.

"축구에 아주 꽂히셨네요."

술에 만취한 내가 아파트 주차장에 도착해 트렁크에서 축구공을 꺼내 리프팅과 드리블을 하니까 대리운전 기사가 한 말이다. 이렇게 주위 사람들이 내가 축구에 '꽂혔다' 고 말한다. 약 10kg의 체중을 줄여 얼굴까지 홀쭉해진 나를 보고 운동을 너무 많이 한다고 걱정한다. 오십 중반을 넘은 내가 산책로나 보도에서 축구공을 몰고 다니니 그렇게 얘기할 만하다.

만약 내가 더 이상 축구를 즐길 수 없도록 늙거나, 무릎이 아파 뛸 수 없는 상황이 되면 프리스타일 축구를 할 계획이다. 항상 리프팅을 하며 밸런스를 유지하려고 노력하고 있다. 이 또한 적합한 체력과 연습이 필요할 것이다. 또 하나의 도전으로써 새로운 방법으로 축구를 즐길 수 있을 것이다. 그 때 나는 시간 지키기로 유명한 칸트처럼 매일 여덟시 정각에 공을 몰고 우리 아파트 산책로를 돌 계획이다.

동호인 클럽에 가입해 축구를 한 지 8년째다. 작은 아들 덕분에 축구 학부형으로 만난 김동진 씨의 꾐(?)에 넘어가 서울 강동구의 신암FC에서 축구를 시작하게 됐다.

나는 요즈음 일주일에 서너 번 공을 찬다. 서울에서 주말에 한두 번, 내가 일하고 있는 연천에서 한두 번 게임에 참여하는데, 서울에서는 레프트 윙백, 연천에서는 레프트 윙 포워드로 주로 뛴다. 기왕에 축구를 즐길 바엔 주전으로 뛰고 싶어 경쟁이 적을 것 같은 왼쪽을 지원했고 지금도 왼발에 많은 공을 들이고 있다.

서울의 신암FC에서는 노장부(50대)에 속해 기술은 부족하고 체력이 좀 나은 편이라 수비를 하고, 연령대 구분이 없는 연천 먼데이FC에서는 나이대접으로 공격수로 뛰는 것이다.

이제 공이 발에 붙기 시작하고 패스 정확도가 높아졌다. 하지만 아직도 상대방의 압박이 들어오면 마음이 급해져서 키핑이 잘 되지 않는다. 경기를 읽는 눈도, 전술 운용도 배워야 할 것이 많다. 처음 운동을 시작할 때는 공을 다룰 줄 몰랐고, 땀 흘리고 뛰는 데 의미를 두었지만 이젠 멤버들과 함께 경기를 재미있고 슬기롭게 운영하는 것이 목표이다.

나는 FC바르셀로나 팀의 메시와 바이에른 뮌헨의 로번을 좋아한다. 그들의 경쾌한 움직임과 한 발 빠른 슈팅 템포에 열광한다. 특히 벼룩이라는 별명처럼 키가 작은 메시가 넓은 시야와 간결한 동작으로 골과 도움을 만들어 가는 데 매료되었다. 그는 나의 연구대상이 되었다. 그에 대한 책과 영상자료를 보면서 감탄하며 배우는 중이다.

나에게 축구는 네 가지가 있다. 월드컵, 챔스리그, K리그 그리고 나의 축구이다.

FIFA월드컵은 4년마다 세계 30억 인구가 즐기는 지상 최대의 스포츠 쇼이다. 올림픽 중간년도를 택해 열리는 세계축구선수권대회이며 단일종목으로는 세계에서 가장 큰 스포츠 행사이자 제일 먼저 탄생한 세계선수권대회이다. 참가자격은 올림픽경기와는 달리 프로나 아마추어를 불문하며, 소속 클럽이나 팀의 국적이 아니라 선수개인의 국적에 따라서 출전한다.

나는 2002년 한일월드컵의 4강 신화를 잊지 못한다. 온 나라가 붉은 유니폼으로 물들고 완전히 하나가 된 축제와 흥분의 도가니였다. 태극전사의 투혼과 우리의 응원은 완전히 하나가 되었고, 그로 인해 대~한민국의 여성들도 축구를 즐기고 금기사항이었던 군대에서 축구한 얘기도 함께 할 수 있게 되었다.

챔피언스 리그는 축구의 탄생지이며 세계 축구계를 이끌어가는 유럽의 최대 축구 축제이다. 지구 반대편에 있는 나라에서도 밤을 새며 지켜보는 세계인의 축구 쇼이기도 하다.

2014-15 시즌 결승전에서 스페인의 바르셀로나가 이탈리아의 유벤투스를 3:1로 물리치고 우승을 차지해 최초로 두 번째 트레블을 달성했다. 트레블은 시즌의 3대 대회를 우승한 것을 말한다. 스페인의 경우 챔스리그 외에 스페인국왕컵대회와 프리메라 리가를 함께 우승한 것이다.

나는 우리의 K리그가 정말 많이 발전했으면 좋겠다. 나는 강원FC의 시민 주주이다. 평창지점장으로 근무하던 때에 당시 권혁승 군수님의 권유로 가입했고, 춘천의 강원본부에서 일하는 동안에는 송암구장에서 전북현대와의 경기를 응원한 적이 있다. 그 밖에는 K리그를 경기장에서 관람한 적이 없다. TV로도 별로 본 적이 없다. 지금은 직장이 있는 연천군민이 됐지만 원래 서울 시민이었기에 FC서울을 좋아한다. 팀 선수 중에는 박주영을 제일 좋아한다.

축구는 시한부 전쟁이다. 공을 가지고 발로 차서 골대 안에 많이 넣는 팀이 이기는 스포츠이다. 축구는 전쟁을 중단시킨 적도 있고 국가 간에 여러 이유로 평생 라이벌이 되어 관객의 흥미를 돋우는 내셔날리즘의 현장이기도 하다. 한일더비, 유명한 엘 클라시코, 영국과 아르헨티나 등의 경기처럼 경쟁상대를 숙적, 한일전 등 전쟁의 이름으로 경기를 치른다.

축구는 11명이 뛰는 팀 경기이다. 가장 나은 철학과 전술운용으로 골을 많이 넣는 팀이 이기는 경기이다. 개인적으로 보면 정신력, 기술과 체력이 나은 선수가 뛰어난 선수가 되고 팀으로 보면 우수한 선수들이 유기적인 움직임으로 상대방을 공략해 골을 만드는 게임이다.

나는 주말에는 서울로 돌아와 주말 부부의 낭만을 축구와 함께 한다. 챔피언스리그 경기를 보면서 와인 한잔 하는 거다. 축구는 나의 주말 행복이다.

오늘도 나는 공을 몰고 신암중학교 운동장으로 간다.

03

오늘은 새가 되고 싶다

책 쓰기를 계획하고 나서 제일 먼저 떠오른 것이 유언장이었다. 이미 써놓은 유언장은 있었고 아내와 아이들에게 한 번 읽어보게 한 적이 있다. 유언장에 대해 글을 써 보기로 했다.

연천도서관에서 몇 권의 책을 빌려 보았는데 그 중에 내일 죽는다면 무엇을 할 것인지를 적어보라는 내용이 있었다. 그 때 떠오른 것 중의 하나가 패러글라이딩이었다. 나는 하루 밖에 없는 남은 인생동안 여섯 시간을 쓸 생각이 난 것이다. 왕복 이동시간만 4시간, 한 번 비행하는데 한 시간씩 잡고 2번 비행하면 여섯 시간이다. 새가 되어 하늘을 날아 답답한 마음을 날려 보내고 싶었다.

생각난 김에 전화를 걸었다.

"교장 선생님. 잘 계시죠? 지금도 비행할 수 있나요?"

2007년 평창지사에 근무할 때 만난 조나단 패러글라이딩 스쿨 교장 김동술 씨다. 통화한 지 아마 5년은 넘었을 것이다.

패러글라이딩은 낙하산(패러슈트)와 무동력 비행기(글라이더)의 장점을 결합해 만든 항공 레포츠이다. 1984년 프랑스의 등산가 J M 부아뱅이 낙하산을 개조해 만든 것이 처음이라고 한다. 우리나라에는 1986년께 들어왔다. 주로 산정상에서 이륙하고 활공장은 30도 내외의 경사가 있고 맞바람이 부는 곳으로 주변에 장애물이 없어야 한다.

패러글라이딩은 열의 이동인 바람의 힘으로 활공을 하는데 기상 여건만 맞으면 원하는 만큼 하늘을 날 수 있다.

패러글라이더는 낙하산 형태의 캐노피와 캐노피에 연결되어 글라이더의 안정성과 조정성을 유지하게 하는 산줄, 그리고 이를 연결한 라이저로 구분된다. 하네스는 패러글라이더를 연결하는 조종석이자 안전장구이다.

비행체 외에 장비는 헬멧, 비행복, 비행화, 무전기, 고글, 장갑 등이 필요하다. 하늘을 나는 레포츠라서 두려움이 있을 수 있지만 과학적으로 매우 안전하다. 하강할 때의 속도는 시속 20㎞ 정도로 자전거를 타는 수준이므로 굴러도 큰 문제가 되지 않는다.

내가 김동술 씨를 만난 것은 2007년 평창에서 근무할 때였다. 당시 내게 평창하면 떠오르는 것은 이효석의 단편소설 〈메밀꽃 필 무렵〉의 배경인 강원도의 산골이라는 정도였다. 지사장으로 처음 일하는 나는 틈만 나면 정전을 예방하기 위한 선로순시를 명분으로 혼자서 차를 몰고 관할 구역 내를 골목 골목 찾아다녔었다.

지금도 한전 직원들이 전기를 공급하는 배전선로 담당을 정해 수시로 그리고 주기적으로 순시를 하여 고장요인을 찾아내고 정전예방을 위해 애쓰고 있다.

어느 날 회사에서 아주 가까운 장암산 위에 낙하산이 날아다니는 것이 보였다. 사람들에게 물어 꼬불꼬불 산길을 한참 올라 패러글라이딩 활공장을 찾아갔다.

10여 명의 사람들이 낙하산을 펴놓고 순차적으로 하늘을 날고 있었다. '아 내게 패러글라이딩을 배울 기회가 왔구나' 하는 생각이 순간적으로 떠올랐다.

이렇게 해서 만나게 된 사람이 조나단 패러글라이딩 스쿨 교장 김동술 씨다. 8년이 지난 지금도 가끔 통화한다.

나는 그로부터 퇴근시간 후에 한 시간씩 일 주일간 패러글라이딩을 배웠다. 평창강 옆의 지상 연습장에서 군대시절 겪었던 공수 지상훈련을 방불케 하는 비지땀을 흘렸다.

군대시절 나는 30사단 수색대에서 81밀리 소대 박격포 계산병이었다. 사단 수색대는 1년에 한 번씩 천리행군, 100㎞ 급속행군, 공수

지상 훈련을 받고 모자에 독수리 날개모양의 윙 마크를 달아줬다.

군복무 때 두 차례의 공수 지상훈련을 받은 나는 덥긴 했지만 별 어려움 없이 지상훈련에 적응했다. 군대서 지상훈련만 하고 날아보지 못한 것을 25년 후인 이젠 날게 될 것이다, 라는 꿈을 꾸면서.

비행복을 빌려 입고 헬멧을 쓰고 처음엔 교관과 함께 2인승 비행을 한다. 교관이 주조종사가 되고 나는 부조종사가 되어 감을 익히는 것이다. 첫 비행에 나섰다. 활공장으로 가는 꼬불길을 차로 오르는 동안 가슴이 쿵쾅 쿵쾅 장난이 아니다. '드디어 새가 되는구나'. 활공장에 도착해 기체를 펴고 대기한다. 다른 비행자들의 동작을 유심히 보고 이미지 트레이닝을 해본다.

비행체를 펴고 장암산에서 내려다보이는 평창강을 향해 돌진! 뒤로 당겨지는 힘을 이겨내고 달리면서 몸이 위로 부웅 떠오른다. 아! 이륙이다. 기체에 매달려 하늘을 날고 있다.

텐션! 복창을 하면서 기체를 바로 잡고 몸을 좌로 기울이면서 왼쪽 손잡이를 지긋이 잡아당기면 기체가 왼쪽으로 기울면서 좌로 방향전환이 된다. 아래에서 무전기로 날려오는 지시에 따라 좌우로 이동하면서 평창읍과 노성산성, 주진마을과 주변 논밭의 조망에 환호한다.

얏호! 20여 분을 강을 따라 오르내린다. 점점 고도가 낮아진다.

"땅 보지 말고~. 차려~엇."

양쪽 손잡이를 쭈욱 잡아 내린다. 착륙이다. 하지만 체중 앞으로 쏠리면서 앞으로 넘어진다. 차렷 동작이 늦은 것이다. 기체의 속도를 완전히 죽이지 못해 앞으로 넘어졌다. 착륙이 제일 어렵다. 어떤 때는 차렷 동작이 너무 빨라 2m 정도 높이에서 뚝 떨어지기도 했다.

첫 비행 후 평창 송어장에서 처녀 비행턱을 냈다. 새가 되어 하늘을 날은 후 맛보는 송어회 맛이 쫄깃쫄깃 사르르 꿀맛이다.

평창에 있는 동안 13회 비행을 했다.

지금도 내 마음은 어느 새 평창강과 장암산 하늘을 날고 있다. 오늘은 새가 되고 싶다.

04

물고기처럼 유영하자

나는 아쿠아리움을 좋아한다.

서울 삼성동에 있는 코엑스 아쿠아리움은 10번도 더 갔을 것이다.

싱가포르, 홍콩, 일본 여행 때도 대형 관광 수족관에 들러 보았다. 홍콩의 오션파크는 홍콩에 갈 때마다 들르는 곳이다. 아름다운 색깔의 물고기들, 갖가지 모양의 해양 생물들, 물속을 유영하는 부드러운 움직임을 동경한다.

마치 총알처럼 빨리 이동하는 펭귄, 물개류 들, 커다란 가오리와 상어, 닥터 피시와 손가락 장난도 하고 마치 동심의 세계로 돌아간 듯하다.

가끔 다이버가 물 속에서 물고기에게 먹을거리를 주며 관객에게 볼거리를 제공하는 모습, 나를 매료시킨다. 지금도 상어 그리고 고래와 수중을 유영하는 꿈을 꾼다.

내가 처음 바다 밑 세상을 경험한 것은 언젠가 아내와 함께한 제주여행에서 머리에 엄청 무거운 우주복의 머리 부분처럼 생긴 호흡기구를 쓰고 바다 밑을 걸어 내려갔다 올라온 기억이 난다. 그 후 바다 속 세상에 대한 꿈을 꾸어왔다.

2005년 부장 승진 후 첫 발령지가 인천전력관리처였다. 여기서 꿈꾸던 스쿠버 다이빙에 입문하게 됐다. 스쿠버 다이빙은 스쿠버 즉, 수중호흡장비(SCUBA, Self-Contained Underwater Breathing Aparatus)를 활용한 다이빙이다.

좀 더 자세히 말하면 압축 공기를 담은 탱크와 호흡기구와 부력조절 장비를 사용해 물 속에서 길게는 한 시간 반 정도까지 활동을 할 수 있는 레저 스포츠이다. 수심이 깊을수록 수압의 영향으로 공기의 소모가 많아 다이빙 시간은 줄어든다.

사람은 물고기와 달리 물속에서는 호흡할 수 없으므로 전문기관의 강습을 통해 라이선스를 받아서 스쿠버 다이버가 될 수 있다. 이런 장비 없이 마스크와 스노클, 핀만 사용하는 다이빙은 스킨 다이빙이고, 두 가지를 합해 스킨스쿠버 다이빙이라고 부른다.

스포츠로서의 스쿠버 다이빙은 안전과 레저목적에 맞추어 수심

40m까지로 제한한다. 스쿠버 다이빙을 강습하는 국제 공인단체로는 나우이(NAUI)와 패디(PADI) 등 여러 단체가 있다.

인천전력관리처 시절 '참다운스쿠버'의 박성덕 강사에게 이론교육을 받았다. 필기시험을 합격하고, 각각 네 번의 다이빙 푸울과 오픈워터 다이빙을 하고 나서 오픈워터 다이버 라이선스를 받은 것이 2005년 9월이다.

오픈워터(Open Water)는 얼지 않은 바다면을 의미하는 것으로 오픈워터 다이버는 초급 다이버로 바다에 들어갈 수 있는 자격이 있는 사람, 이제부터 다이빙과 바닷속 세계를 배울 자격이 있는 사람이라 할 수 있다.

다이빙 푸울의 교습과정을 거친 뒤에 강원도 고성의 교암 사이트에서 교습 다이빙을 가졌다. 이중에 한 번은 긴장감과 조류의 움직임에 적응하지 못해 멀미를 했던 기억이 난다.

2006년 7월까지 동해안에서 강원도 고성과 양양, 경북 울진 등으로 투어를 다녔고, 서해쪽으로는 승봉도와 안면도 일대에서 20여 차례 수중세계를 탐미했다.

나중에 서울의 NB다이버에 등록해 제주에서 3박4일 과정의 어드벤처 및 어드밴스드 클래스 교육을 이수하고 어드밴스드 오픈워터 다이버 라이선스를 받았다. 줄여서 어드밴스드 라이선스는 중급 다이버로 타인의 보살핌이 없이 자기 몫의 능력을 발휘하며 파트너와 함께 다이빙을 즐길 수 있게 된다.

제주에서 중급 교습을 받을 때 바람이 심하게 불고 파도가 높던 제주의 톡독, 자리여 포인트가 떠오른다. 모두 6회의 다이빙 중에서 잠수 중에 버디를 놓치고 뒤처지면서 불안감에 호흡이 가빠지고 순간적인 죽음의 공포감을 체험했던 기억도 새롭다. 물속에 가라앉아 호흡을 가다듬고 나니 바로 안정이 되었었다.

스포츠다이빙에서는 안전을 위해 2인 1조로 행동하는데 그 짝을 버디라고 한다. 버디는 유사시 서로의 생명을 의지하는 소중한 관계이므로 간격을 유지하며 서로 협력해야 한다. 특히 어느 한 쪽이 공기가 소진되거나 그물 등에 걸렸을 때 버디는 도움을 줄 수 있는 유일한 사람이며, 서로에게 목숨, 그 자체가 된다. 한 번 버디가 되면 아주 짧은 시간에 가까워지고 여러 번 버디가 되면 전선에서 전우애를 넘어서는 친밀감을 갖게 된다.

열대지역에서 아름다운 수중세계를 탐방하는 즐거움은 경험해 보지 않으면 모를 것이다. 평창지점장으로 근무하던 2007년 3월, 인천에서 연락이 왔다. 필리핀 아닐라오 지역으로 원정 다이빙을 떠난다고 합류하란다. 같이 가고 싶은 마음이 음식을 보고 침을 흘리듯이 안달을 한다.

고심 끝에 본사의 영업본부장과 강릉지사장께 보고를 드리고 해외투어에 참가하기로 했다. 필리핀은 기온과 수온이 높은 곳이므로 별도로 여름용 수트와 슈즈를 마련하고 날짜를 손꼽아 기다렸다.

드디어 5월 22일 필리핀 루손섬의 서남쪽에 있는 바탕가스 시에 있는 아닐라오 마을에 도착했다. 공항에서 소형승합차로 약 세 시간 거리이다. 이번 다이빙을 위해 우리가 묵을 곳은 SM리조트이다. 바로 바다로 나갈 수 있게 모터를 단 방카보트와 모터보트가 접안해 있다.

방카보트는 카누처럼 길게 생긴 날렵한 나무배에 앞과 뒤에 가로 지지대를 걸치고 배가 전복되지 않도록 좌우로 가로지지대를 연결하는 나무를 묶어서 한자로 가운데 중(中)자를 연상하게 한다.

동행한 멤버는 박성덕 강사와 이봉형 회장, 황민수 노조위원장, 이기성 노조 총무부장, 나의 버디였던 박상흠 씨, 제영남 씨와 막내 이주상 씨, 박홍득 씨로 나를 포함해 9명이었다. 수온은 28도 내외. 바닷물은 바깥의 더위를 식혀 주면서도 다이버의 몸을 부드럽게 어루만져 준다. 따스한 수온이 마음을 편안하게 한다.

첫 날은 리조트 앞바다에서 현지적응 다이빙을 한다. 수온이 높아 잠수복의 두께가 얇아지고 재질이 달라 부력이 적어지므로 잠수용 납 무게를 3kg으로 줄였다.

다음날부터 매일 아침과 점심 식사 후에는 다이빙 지점의 현장설명과 위험요소, 주의사항에 대해 브리핑을 한다.

코알라 포인트에서는 강한 조류 때문에 바닥에서 유영하면서 라이언 피시를 실제로 볼 수 있었다.

리그포 케이브 포인트는 동굴 다이빙으로 영화의 주인공처럼 동굴을 통과하고 바닥을 걸어다니는 물고기, 신뱅이를 관찰할 수 있었다.

캐씨드럴 포인트는 글자 그대로 십자가가 있는 성곽 같은 구조물이 물속에 있다. 물고기에 먹이를 주는 Feeding을 하며 몰려드는 물고기 떼를 즐긴다. 빵 부스러기로 물고기를 유인하면 앞이 하나도 안 보이게 모여든다.

솜브레로 섬에는 코럴 가든 포인트, 즉 산호 정원이 있다. 수심이 얕아 영화에서 보는 듯한 형형색색의 물고기며 산호초가 뜨거운 햇살에 비쳐 눈이 부시게 아름답다. 여기선 다이버의 침입에 먹물을 뿜고 달아나는 검은 문어를 발견했다. 이 문어는 독이 있어 피부를 접촉하면 안 된다.

리그포 피너클 포인트와 다이브 앤 트렉 포인트는 수심이 25미터가 넘는 곳으로 직벽에 매달린 부채 산호와 사람이 들어갈 만한 항아리 산호가 우리를 반긴다. 특히 제비활치 떼가 우릴 유혹하던 다이브 앤 트렉 포인트가 기억에 남는다.

그렇게 즐기면서 필리핀에서 8차례의 수중 천국을 누볐다. 인구의 대부분이 천주교 신자라는 필리핀에는 바다 속에도 곳곳에 십자가상과 성모 마리아상이 보였다. 다이버들의 안전을 기원하기 위해 설치했을 것이다.

겨우 30여 차례의 다이빙을 한 풋내기이지만 지금도 물속을 유영할 때의 안락함을 잊지 못한다. 누군가의 말처럼 사람은 태어나기 전에 양수 속에서 성장을 하므로 물과 친하다는 얘기가 맞을지 모른다는 생각이 든다.

그 시절을 꿈꾸며 이번 홍콩 마카오 여행에서도 해양극장에서 돌고래와 물개의 유영, 그랜드 아쿠아리움에서 가오리, 바다사자와 상어 등 수중 생물들의 부드러운 움직임과 날렵함을 부러워한다.

오늘도 나는 꿈속에서 에메랄드 빛 바다 속을 노닌다.

05

나는 노래가 좋다

"이봐 김봉길 씨. 잠깐 이리 와 봐."

과장님의 호출이다.

"김봉길 씨! 신입사원이 근무시간에 태도가 왜 그래? 흥얼대고 콧노래를 부르면 다른 직원들 일하는 데 방해가 되잖아. 앞으로 주의해."

신입사원 시절, 그러니까 1980년 6월쯤일 것이다. 신나게(?) 일하던 나는 함희공 요금과장님께 근무태도 불량으로 지적을 받았다.

나는 노래 부르기를 정말 좋아한다. 가수 박건의 '사랑은 계절 따라' 와 찐빵 최희준의 '인생은 나그네길' 을 초등학교 때 배웠다. 누가 가르쳐 준 게 아니라 듣고 흥얼거리며 따라하다가 배운 것이다.

거기다 나보다 9살 많은 누나는 하모니카를 잘 불었다.

파란색 빨간색 초록색 비닐표지로 싸인 공책에 유행가 가사가 마치 시처럼 한 장 한 장 쓰여 있던 기억이 난다. 거기서 많은 노래를 알게 된 것 같다. 아마도 중학교 때 기타를 배우면서 가요 책에서 수백 곡의 가사를 완전히 외웠던 기억이 난다. 그 시절의 가요 가사는 대부분 암기하고 있다.

사전적 의미로 노래는 가사에 곡조를 붙여 목소리로 부를 수 있게 만든 음악, 또는 그 음악을 목소리로 부르는 것이다. 즉 노래는 사람의 목소리를 위주로 한 음악곡의 한 형태이다. 모든 노래곡에는 목소리를 위한 멜로디와 가사, 그리고 다른 악기를 동반한 반주가 들어 있다.

예외적으로 반주가 없는 아카펠라도 있다. 아카펠라(A Cappella)는 악기 없이 목소리로만 화음을 맞추어 부르는 노래, 또는 그렇게 부르는 방법이다. 가사는 보통 시적이고 리듬을 가지고 있다.

노래는 보통 혼자 부르는 독창과 여러 사람이 부르는 이중창, 삼중창, 합창이 있다. 후자는 서로 다른 곡조를 통해 화음을 만들기도 한다. 모든 사람이 똑같은 곡조로 부르는 것은 제창이라고 한다. 노래곡의 또 다른 분류로 예술곡과 대중곡(대중가요)을 들 수 있으며, 시대에 따른 분류도 가능하다.

중고등학교 시절, 우리나라는 통기타 문화 전성시대였다. 나도 그

물결 속에서 어머니를 졸라 기타를 샀다. 그 때 산 기타가 성음의 클래식 기타였다. 남들보다 작은 손으로 남들과 다른 나이롱 줄 기타를 독학하느라 애썼지만 별로 잘 치지 못했다.

당시 우리들은 집집마다 가요 책만 수십 권씩 있었고 누가 많은 노래를 아느냐, 누가 많은 곡을 기타로 연주할 수 있느냐는 치열한 경쟁이었다. 누가 상 주는 것도 아니었는데 말이다. 그래서 우리는 '통기타 세대' 라고도 불린다. 당시 유행했던 야외 전축을 구해 레코드판을 들으며 벤처스 악단의 '장고' 와 '파이프 라인' 을 연습하던 기억이 새롭다.

서울 삼성동의 본사 근무시절 나는 합창단에 가입했다. 1993년도일 것이다. 부부 음악가이신 김인성 지휘자과 신기순 반주자를 중심으로 일 주일에 한 번 행복한 만남을 가졌다. 창단멤버인 신문교, 신기숙, 그리고 김오중, 구지현, 이강철, 여현근, 최현철, 김현진, 정미경, 정은미, 황문영 그 밖에 기억나지 않는 이름들까지 모두 보고 싶다.

합창단의 중요 행사는 매년 한 번씩 발전소나 지사를 찾아가서 공연하는 순회공연이있다. 그 중의 최고는 케필코(KEPHICO) 창립 1주년 기념공연이었다. 케필코는 1995년 한전의 첫 번째 해외사업인 필리핀 말라야발전소 ROM(성능복구, 운전, 정비 및 운영) 사업을 위해 설립한 자회사이다. 이 회사의 창립 1주년 기념행사 초청공연과 다음날 필리핀 에너지부와 필리핀전력공사 직원과 가족들이 참석한 가운데 가진 램브란트 호텔 공연이었다.

당시 권영무 부사장과 최기정 홍보실장의 적극적인 지원과 합창단 부단장이며 담당 팀장이었던 조현석 부장의 열정으로 마련된 해외공연이었다. 그때 불렀던 레파토리 중에서 필리핀 가수 프레디 아귈라의 '아낙' 과 남성중창으로 불렀던 '이별의 종착역' 이 기억난다.

나의 애창곡은 김세환의 '사랑하는 마음' 과 '좋은 걸 어떡해' 이다. 요즘도 '세시봉 가수' 로 중년들의 사랑과 인기를 누리고 있는 김세환의 동안과 미소를 좋아한다.

노래하는 습관은 잘하고 못하고를 떠나 즐거움의 원인이 되기도 하고, 행복의 표시가 되기도 한다. 나에게 노래는 즐거움이고 이 즐거움의 반복은 행복이 된다. 노래하는 횟수만큼 즐거움도 늘어나 행복과 직결되는 것이다. 지방에 근무하는 동안 매일 아침에, 그리고 일과 후에 기타를 치며 노래한 지 4년이 됐다.

노래는 나의 행복이다.

06 결혼, 그 기적의 만남

'결혼이란 남녀가 돌아오는 차표도 없이 모험을 떠나는 것이다.'

프랑스의 사상가이며 휴머니스트 영성가로 알려진 크리스티안 생제르가 한 말이다.

우리는 조물주의 종족보존 장치인 '콩깍지' 에 의해서 혹은 여러 차례의 좌충우돌, 밀당의 경험을 거쳐 남녀가 같이 살기로 약속한다. 생애 가장 높고(至高), 제일 견고한(最固)의 개인 간의 약속이며 동시에 법적 사회적인 계약이 된다. 이것이 결혼이다.

나는 초등학교 시절 '콩깍지' 로 시작되어 우여곡절 끝에 어렵게, 정말 어렵게 결혼에 성공(?)했다. 우리 부부는 살아오면서 크고 작은 파도와 풍랑에 흔들릴 때마다 꼭 끌어안고 '우리가 어떻게 결혼했는데…, 우린 누구보다 더 행복하게 살아야 한다' 하면서 삶의 방향타를 다잡곤 한다. 앞으로도 그럴 것이다.

우리는 1985년에 결혼해서 얼마 전에 결혼 30주년을 맞았다. 30주년 기념여행은 작년에 두 아들과 함께 '가불' 일본여행을 하는 걸로 대신했었다. 그래도 올해 2월 3일 결혼기념일을 앞두니 괜히 그녀의 눈치가 보였다.

먼저 '백만 송이 장미' 가 아닌 서른 송이 장미를 사고, 그리고 둘만의 통기타 콘서트를 마련했다. 레퍼터리는 미리 준비한 바리톤 김동규가 부른 '10월의 어느 멋진 날에', 태진아의 '동반자', 듀엣 부부의 '부부', 그리고 이동원의 '내 사람에게' 를 함께, '부부' 는 1,2절을 번갈아 불렀다.

나는 기타 치랴 노래하랴, 뮤비 찍으랴 정신이 하나도 없었다. 비디오 촬영중 NG가 여러 번 나서 나중에 또 찍기로 했다. 재미로 붙여놓은 현수막은 2개월이 지난 지금도 연천 별장에 걸려 있다. 완전 '쌩쑈' 를 한 거다.

지금도 행복해 하던 그녀의 모습이 눈에 선하다.

거기에 더해, 전국적으로 인기 폭발중인 영화 '국제시장' 을 함께 보고 부산의 국제시장을 돌아보기로 했다. KTX로 부산에 도착해 연천에서 같이 일했던 노태동 부장의 안내로 깡통시장, 국제시장, 시네마거리를 돌고 '씨앗호떡'과 '할머니유부'로 요기하며 점심을 때웠다.

노 부장 내외가 랍스터가 포함된 씨푸드 만찬을 마련해 줘 함께 정말 맛있게 먹었다. 간단한 행동식 점심에서 온 배고픔을 반찬 삼아, 훈훈한 부산 갈매기 부부의 인정을 안주삼아 광안대교의 야경을 앞에 두고 한 잔, 또 한 잔 오가니 무릉도원이 따로 없다.

황령산 야경을 즐기고 난 후 37년지기 입사동기 오순록 처장이 마련해 준 숙소와 정성이 담긴 맥주와 안주도 정말 고마웠다. 다음 날 아침 해운대 달맞이길 산책, 해동용궁사를 돌아온 여행길은 진주혼 기념이라는 의미를 더해 행복이란 걸 느끼기에 충분했다.

결혼이란 모두에 인용한 것처럼 '남녀가 돌아오는 차표도 없이 모험을 떠나는 것이다.' 결혼 당사자, 두 사람은 배우자를 서로 잘 안다고 생각한다. 하지만 결혼은 자신도 잘 모르는 남자 혹은 여자가, 자기가 선택한 사람을 알아가는 탐험이다. 어디까지 갈지도 모르고, 돌아올 차표도 없이 떠나는….

크리스티안 생제르는 이렇게 표현한다.

'그들은 여행을 떠난다. 천 개의 얼굴 중에 기껏 하나 둘, 많아야 세 개 쯤 내게 보여줬을 정체불명의 상대와 손을 맞잡고. 길은 점점 험해진다. 찬란한 태양이 모습을 감추고, 그들은 어두운 숲속과 험난한 파도 속을 헤매인다. 어느 날 문득 잠에서 깨어난 그들은 서로

를 보며 소스라치게 놀란다. 자신이 알지도 못하는 사람과 함께 있다는 사실을 깨달은 것이다!'

함께 산다는 것, 결혼은 때론 종신형이란 생각이 든다. 자신들의 의사에 따라 선서와 성혼선언문으로 확정 판결을 받은 무기한의 징역살이다. 내 경우는 나는 징역형, 아내는 금고형이다. 청춘, 때론 사랑이라는 이름으로 불리는 뜨거운 가슴은 이 엄청난 판결을 만들어낸다.

결혼생활이 힘겹고 까다롭고 불편하다는 진실을 누가 부인할 수 있을까. 그러나 우리는 아이들을 결혼시키려고 한다. 왜 그런가.

결혼, 배우자를 사랑하는 것을 결심이다. 결혼 전에 보지 못했던 결점들까지 사랑하게 되는 결심이다. '내가 이렇게 했더라면 좋았을 것을' '다음에 이렇게 해야지' '좀 더 잘 해 봐야지.' 이렇게 변하게 된다.

사랑하는 것은 소속이다. 둘만의 나라, 둘만의 조직이 생기는 것이다. 세상의 어느 권력자도 어쩔 수 없는 둘만의 의사결정 체계, 나와 그녀, 그이와 나만의 무대가 생긴다. 둘만의 계획이 마련된다.

여기서 기적이 일어난다. 자녀가 생기고 재산도 모이고 사업도 벌이게 된다. 이 와중에 알콩달콩 소소한 행복을 나누고, 파도와 풍랑을 헤치면서 비온 뒤 땅이 굳어지듯이 사랑이라는 이름으로 서로에 소속되는 것이다. 나는 네 안에, 너도 내 안에.

결혼 후 마주치는 현실과 세월은 많은 것을 변하게 한다. 콩깍지를 벗기고 환상을 깨뜨린다. 그러나 결혼 후에 메말랐던 땅에서 다시 싹이 나고 사랑은 새로 시작된다. 그래서 엄청 많은 커플이 은혼, 진주혼, 금혼, 금강혼 또는 회혼까지 함께하게 되는 기적이 일어난다. 이것을 나는 결혼의 기적이라고 부른다. 동의하지 않는가.

다 아는 폴란드 속담이다.

'배를 타고 바다에 나가기 전에는 한 번 기도하라. 전쟁터에 나가기 전에는 두 번 기도하라. 결혼하기 전에는 세 번 기도하라.'

결혼 30주년을 지나고 나니까 안도와 함께 절감케 되는 말이다. 하지만 나는 감히 주장한다. 내가 만약에 주례사를 하는 경우가 있다면 이것을 마지막에 더하겠다.

'결혼한 후에는 매일 네 번씩 기도하시라.'

매일 네 번씩 서로에게 소속할 것을 결심하시라. 그러면 기적이 일어난다.

어떤가? 공감하시는가, 아니면 자신하시는가. 대답해 보시라!

* 덧붙임 : 결혼 30주년 기념여행을 도와주신 노태동 부부와 입사동기 오순록 부장에게 다시 한 번 진심으로 감사드린다.

01

시한부 별장살이

나는 친구들에게, 후배들에게 이렇게 말한다.

'50대에 회사 혹은 나라의 명에 의해 지방 근무하는 것, 주말 부부가 되는 것은 조상 5대가 공덕을 쌓아야만 얻을 수 있는 복이다' 라고.

내 경우를 들어 몇 가지만 얘기해 보겠다.

우선 부부간에 애틋한 정이 새로 솟아난다.

나의 아내 '웃음가득' 은 이 '행복고수' 가 불쌍하다. 그리고 걱정된다. 집에서 손 하나 까딱 안 하고 '이래라' '저래라' 하다가 혼자서 지내려니 얼마나 불편할까. 먹을 건 제대로 챙겨 먹나. 주말 혹은 격주로 내가 서울 집에 돌아오면 아무래도 느낌이 다를 수밖에 없다.

그래서 마음 착한 그녀는 측은한 마음으로 위로주(?) 한 잔 챙겨 주는 거다.

나 홀로 객지에 있는 내게 남는 건 시간뿐, 오라는 데는 별로 없다. 스스로 시간 관리만 잘 하면 무궁한 세상이 열려 있다. 나는 네 차례의 지방근무에서 정말 많은 것을 얻었다.

나는 인천전력관리처에 근무할 때 스쿠버다이빙을 배워 신비로운 바다 속 세계를 수십 번이나 탐미했다. 동료들과 함께 동해와 서해, 제주도 바다 속을 섭렵했고 필리핀 바탕가스 인근의 아닐라오 사이트에서 섬 다이빙을 즐기던 기억이 새롭다.

강원도 평창지점장으로 옮겨서는 패러글라이딩을 배워 장암산을 이륙해 하늘을 열세 차례 날았다. 처녀비행의 짜릿함은 지금도 잊을 수가 없다.

춘천에 근무할 때 낭만의 경춘선 열차를 타고 다니면서 익힌 독서 습관은 내 행복의 원천이 되었고, 지금 이 책을 쓰는 원동력이 되었다.

또 주중에 남는 밤 시간을 이용해 학창시절 잠시 만졌던 기타를 다시 잡고 벌써 4년째 음악을 즐기고 있다.

지금은 승마를 배우고 있다. 동물을 별로 좋아하지 않는 나지만 6백 킬로그램의 덩치 큰 겁쟁이 동물과의 교감을 배우는 중이다. 다가올 몽골 승마투어를 대비해 맹훈련중이다.

그 중에 최고는 회사에서 제공해 주는 사택(社宅)을 낭만별장으로 활용하는 것이다. 수년마다 다른 별장을 얻게 되는 것이다.

춘천에서 시작된 '저승사자' 주말여행 프로그램은 '전생에 5대가 덕을 쌓아' 되찾은 낭만이며 0순위 행복요소가 됐다. '저승사자' 란 말은 아내의 친구들 앞에서 자랑삼아 저승사자가 잡아가듯, 날 모시러 춘천으로 온다며 불만(?)을 토로한 데서 명명되었다.

아내 '웃음가득' 이 춘천에 오면 오봉산, 삼악산, 향로봉, 용화산, 구봉산, 삿갓봉 등 아기자기한 산들을 함께 올랐다. 한강과 소양강을 낀 경관 좋은 곳에 드라이브도 하고 식사도 하면서 행복한 주말을 같이 보냈다. 경춘선 전철로 같이 귀경하면서 대화와 삶의 질이 더욱 풍부해졌다.

매주 또는 격주로 '웃음가득' 과 함께 춘천, 화천, 양구 등 인근 지역의 특산 음식을 골라 먹으며 데이트를 즐기고 경춘선에 오른다. 열차 안에서 여행 소감이나 아이들 얘기와 같은 담소를 나눈다. 공기 좋은 별장에서 보는 밤하늘과 춘천의 야경, 가끔 친구와 친지들을 초청해 별장 1박을 하며 우의를 다졌다. 지나가고 나면 더욱 그리운 법이다.

이 글을 쓰는 지금은 내 고향 연천에서 일한다. 춘천에서 2년간 다져온 '저승사자' 프로그램은 이곳 연천에서도 계속 진행 중이다.

이곳의 별장 이름은 조홍별장이다. 연천역 부근의 조홍아파트 102동 1109호. 맨 꼭대기 오른쪽 끝집이다.

그래서 조금 더 덥고 겨울에 조금 더 춥긴 하지만 별장을 제공해 준 회사가 고맙다.

"개골개골 개굴개굴."

이곳 조홍별장에선 봄, 여름엔 개구리 합창을 자장가로 삼아 잠이 든다.

"개골개골 맹꽁, 맹꽁 개굴개굴."

비가 온 다음 날엔 맹꽁이와 개구리가 2부 합창으로 잠을 깨운다.

"소쩍 소쩍 소쩍다 소쩍다."

"구구우 구구우."

날이 맑은 날 아침 다섯시 경엔 차탄천 너머 양금산에서 소쩍새 노랫소리가 들린다. 소쩍새가 쉬는 날엔 산비둘기가 노래한다.

아침 여섯시 조금 넘으면 참새가 "짹짹 째재재잭" 하며 새로운 하루의 일과 시작을 종용하는 듯하다. 하늘과 산과 논에서 들려주는 천연 노래감상실이다.

날이 밝으면 창밖으로 내다보이는 차탄천 건너 오이 밭에서 새벽부터 농작물을 수확하는 동창 최종진이 보인다. 내가 전화하면 오이를 담아놨으니 가져가라고 할 것이다.

이렇게 시작하는 내 고향 연천의 별장 생활에 행복이 스며든다.

이곳 조홍별장엔 나만의 음악캠프가 있다. 친구가 구해 준 중고 앰프에 국악을 하는 누이가 하사한 음악반주기가 있고, 세 대의 기타가 있다. 포크기타, 클래식기타, 일렉기타. 여기선 수시로 나만의 독주회가 열린다.

아침에는 반주기를 틀어 메들리로 경음악을 들으며 그녀가 만들어 준 '해독 주스' 로 아침을 대신한다.

세계적으로 논문 피인용 횟수가 가장 많다는 행복학자, 연세대학교 서은국 교수는 그의 저서 《행복의 기원》에서 '행복한 사람들은 시시한 즐거움을 여러 가지 모양으로 자주 느끼는 사람들이다. 행복은 소소한 즐거움의 가랑비에 젖는 것이다' 라고 했다.

나는 행복한 사람이다.

08

사모곡

어머니는 알츠하이머 치매로 요양원에 계신다. 벌써 요양원에 계신 지 8년이 지났다. 처음에 요양원에 가신 것은 내가 평창 지점장으로 있던 2007년 가을이다.

어머니가 치매진단을 받은 것은 2000년도였다. 당시 어머니는 간헐적으로 쓰러지시는 지병이 있으셔서 부속병원인 한전병원에서 처방약을 받아 드시곤 했다. 어느 날 신경외과 과장님이 보호자를 만나고 싶다고 해서 갔더니 '알츠하이머 치매증상이 있으시고 치매약을 처방한다. 드셔도 진행이 더딜 뿐 치료는 되지 않는다' 는 말씀을 하셨다.

그 후 어머니의 치매 증세는 더해 가고 주로 밖에서 활동하는 나를 제외하고는 아내와 아이들 둘은 많은 고통을 받았다. 밥을 주지 않는다, 돈을 훔쳐갔다, 따로 살게 방을 얻어 달라며 떼를 쓰셨다. 급기야는 자식과 며느리가 당신을 제대로 대접하지 않는다고 경찰서와 노인학대예방센터에 진정을 하기도 하셨다. 어머니도 그렇고, 아내와 아이들도 그렇고, 집안의 분위기가 말이 아니었다.

2005년에는 노인학대예방센터의 상담원과 전화로 여러 차례 실랑이를 벌인 적이 있었다. 목소리로는 40대 후반, 50대 초반 정도로 보이는 여성이었다. '왜 좋은 직장에, 아실 만한 지위에 있는 분이 부모를 잘 모시지 못하고 이러느냐', '누나와 동생이 계신데 협의해서 노인이 원하시는 대로 따로 살게 해 드리는 게 어떠냐' 이런 질책의 말투였다.

나는 화가 나서 '당신이라면 혼자서 밥도 못하시는 팔순 노인을 방 얻어서 내보낼 수 있느냐?' 하며 막 열을 냈었다. 어머니가 원하시는데 형제자매와 협의해 보라며 다시 전화하겠다고 한다.

어느 날 그 상담원과 통화중에 내 입에서 무의식중에 '어머니가 치매진단을 받았다' 라는 얘기가 나왔다. 그러자 그 상담원은 갑자기 태도를 바꾸며 '왜 진작에 그 얘기를 하지 않았냐' 는 것이었다. '치매가족협의회라는 게 있는데 그런 곳의 도움을 받아보라' 고 하면서, 다시는 전화가 오지 않았다.

어머니는 우리 집안의 가장이셨다. 아버지에 대한 기억이 전혀 없는 내게 '네가 세 살 때 아버지가 돌아가셨다' 고 말씀하셨다. 경기도 양평에서 사진관을 하셨던 아버지가 오랫동안 앓다가 돌아가시고, 생계 대책이 막연했던 어머니와 세 남매는 연천에 있다는 생활보호시설인 모자원을 찾아 이주했다.

나의 기억은 여기서부터 시작된다. 아버지 없이 어머니가 가장인 가족들이 커다란 마루방에서 함께 거주하는 집이었고 어린 나이였지만 아이들 울음소리와 나와 동생을 포함해 머리에 '헌데' 가 있는 아이들이 가득했던 기억이 난다. 누군가에게 못이 꽂힌 화살을 맞아 생긴 오른쪽 어깨의 상처가 곪아 밀가루 반죽을 붙였던 기억도 난다.

마흔 살에 혼자가 되신 어머니는 모자원 식구들을 따라 처음으로 논 · 밭일을 배우셨다고 한다. 부분 부분의 기억을 더듬어 보면 어머니는 주위의 권유로 행상을 시작하셨고 연탄, 쇠고기를 서울에서 받아다가 '다라이' 에 담아 머리에 이고 다니며 수십 리 골목과 골짜기를 누비고 다니셨다.

나중에는 생선 행상으로 자리를 잡아 리어카를 끌고 다니시며 장사를 하셨고, 5일장에서 자리를 펴고 해물과 야채를 파셨다.

휴일이면 어머니가 서울에서 물건을 해 오시는 11시 20분 기차시간에 리어카를 끌고 연천역에 나가 받아오던 일이 생각난다. 장날이면 장터에 생선 궤짝을 깔고 쌓아 좌판을 만들던 일, 냉동된 명태를 바닥에 떨쳐서 동태를 떼어내던 기억이 난다. 당시엔 참 하기 싫던 일이었다.

내가 졸업한 후, 그 무렵 어머니는 5일장이 서는 장터 한 쪽에 점포를 세내어 어머니의 함자를 사용해 '경화상회' 라는 부식가게를 운영하셨다. 그 나마 형편이 나아진 것이었다.

여기서 한 가지 고백할 것이 있다. 초등학교 3,4학년 때쯤일 것이다. 다른 아이들이 맛있게 먹는 '눈깔사탕' 이 참 부러웠다. 어머니가 장사 마치시고 들어와 주무실 때도 돈 주머니를 앞에 차고 주무셨다. 피곤해 쓰러져 주무시는 어머니의 돈 주머니 지퍼를 열어 손에 집히는 대로 돈을 꺼내 군것질에 쓰던 기억이 난다.

한 번은 아니었고 몇 차례는 됐을 것이다. 사는 동안 아무도 모르는 나만의 비밀이었는데 이 글을 통해 부끄러운 어린 시절의 잘못을 밝힌다.

어머니는 독학으로 한글을 깨우치셨다. 양반집에서 자랐지만 아버지께서 '여자가 글을 배워 뭐 하냐' 며 가르쳐 주지 않았다고 무척 원망하셨다.

하지만 틈나는 대로 책을 보셨다. 생선 행상을 하실 때도, 서울에 열차로 물건을 사러 갈 때도 꼭 책을 읽으셨다. 특히 역사물을 좋아하셨다. 삼국지를 여러 번 읽으신 것으로 기억난다. 열국지를 보고 싶어 하셨는데 챙겨 드리지 못했다.

자식을 잘 구분하지도 못하시는 지금도 요양원에서 동화책을 끼고 사신다. 그림을 보시고 큰 글씨만 반복해 소리 내어 읽으신다.

어머니는 자식 교육에 대해 매우 엄하셨다. 어머니의 노여움을 세 번 본 기억이 난다. 첫 번째는 언젠가 내가 신문 배달을 하다가 들킨 경우였고, 다음이 탱크 사격장에 '고물' 주우러 갔다가 들킨 일, 마지막이 고등학교 2학년 때일 것이다. 동네의 여학생과 편지하고 '교제' 하다가 어머니가 아시곤 경을 치던 일이다.

세 번 모두 어머니는 나를 앉혀 놓고 말없이 책가방을 들어서 연탄아궁이에 책을 쏟아 넣으셨다. '싹이 노란 놈이 학교를 다녀서 뭐하느냐' 는 것이었다. 누나가 어머니를 붙잡고, 나는 책을 꺼내고, 그리고 울고 불고 잘못을 빌어서 어머니는 노여움을 거두셨다. 어머니가 시키는 태권도 말고는 다시는 비슷한 일을 꿈도 꿀 수 없었다.

나는 고등학교 3학년을 두 번 다녔다. 고 3때의 방황으로 취업에 실패하고 후배들과 함께 1년을 더 공부해야 했다. 어머니와 담임선생님이 그때 그런 결정을 내린 데는 어려운 형편에 재수는 못할 것이고, 분위기에 휩쓸려 인생 망치기 딱 알맞다는 것이었다. 어머니 속을 어지간히 썩이고 취업에 실패한 죄로 '눈물의 낙제생활' 을 할 수밖에 없었다.

초등학교 때부터 공부도 잘하고 모범생이어서 어머니한테 큰 힘이 되었던 맏아들이 고 3때 어느 선생님과 불화로 시작된 백지투쟁을 계기로 이유 없는 반항과 '삐딱선' 을 타기 시작했다. 급기야는 당시 담임선생님의 집에서 한 달을 합숙하며 '군기교육' 도 받았다.

지금 생각해 보면 어머니와 선생님들께 많은 민폐를 끼쳤었다. '눈물의 낙제생활' 은 이젠 추억이 되었다.

한 때 우등생이었던 내가 본의 아닌 낙제를 했고, 다행히 졸업 전에 취업을 할 수 있었다.

나는 한 해 늦게 졸업을 하게 됐고, 졸업식 때는 성적 최우수 학생에게 주는 '교육장상' 을 받았다. 나중에야 그 상을 양보했어야 했다는 생각을 했다. 내가 '눈물의 낙제생활' 을 하는 바람에 후배였던 한 학생이 피해를 본 것이다. 기회가 되면 그 친구에게 그런 마음이나마 전해야겠다.

2007년 내가 평창지사장으로 부임할 때 정신이 온전하실 때가 더 많았던 어머니는 나를 따라 가겠다고 하셨다. 밥도 해 주고 빨래도 해 주시겠다면서. 나는 아내와 아이들의 어려움도 나눌 겸 어머니를 모시고 평창으로 내려갔다. 내가 결혼 전에는 누이가, 뒤에는 아내가 집안 살림을 다 했기 때문에 팔순이 넘은 어머니는 이미 밥을 할 수도 빨래도 못하시던 때였다. 약 4개월 동안 내가 밥을 해 드리면서 주말에는 빨래감을 가지고 어머니를 모시고 서울을 왕복했었다.

나는 틈틈이 어머니를 모시고 경치 좋은 평창의 계곡과 강변길을 찾아다녔고, 어머니는 야생화의 이름을 일일이 부르며 참 좋아하셨던 기억이 난다. 하지만 어머니의 기억력은 갈수록 나빠졌고, 급기야는 내 이름도 기억하지 못하고 내 명함을 보면서 '김봉길이 누구지? 이 사람 한 번 만나보고 싶다' 고 말씀하시는 상황에 이르렀다.

책상 위에 올려놓은 지갑을 어머니 양말 속에서 찾아야 하는 숨바꼭질이 반복됐다. 어머니를 집에 두고 출근하기가 불안한 상황이 된 것이다. 밖에 나가시면 못 들어오실지도 모르겠다는 생각이 들었다. 결국 동네에 수배해서 할머니 한 분을 구해 내가 출근해 있는 동안 말동무를 하면서 어머니를 돌보시도록 했다.

하지만 얼마 가지 못했다. 아침 점심밥도 해 주시고 여러모로 고마운 분이셨는데 어머니가 그 분을 의심하고 욕이 심해지면서 그만 두셨다. 결국은 그 해 추석 때 누나와 동생과 상의해서 평창군 방림면의 산자락에 있는 조그만 요양원에 모셨다. 그때만 해도 부모를 양로원에 보내는 것은 불효요, 고려장으로 생각하던 때라 많이 고민하고 아픈 가슴을 달래야만 했다.

요양원에 가신 어머니는 정신이 드시면 탈출을 감행하셨다. 그 해 12월에는 한밤중에 경찰의 연락을 받고 요양원 인근 마을에서 맨발로 경찰과 함께 있는 어머니를 모셔온 적도 있다. 얼마나 놀랐는지 모른다. 2009년 초에 내가 본사로 전근하면서 서울에서 한 시간 조금 넘는 교통 거리인 고향땅 연천에 있는 시설도 좋고 깨끗한 요양원 '은혜마을' 로 옮겨 모셨다. 원불교에서 운영하는 곳으로 동생이 인근에 있고, 직원 중에 아는 사람도 여럿이 있어서 안심이 됐다.

어머니가 요양원에 드신 지 벌써 8년이 흘렀다. 나는 지금 내 고향이고 어머니가 계신 연천에서 지사장으로 일하고 있다. 어머니가 계신 요양원이 가까워 수시로 찾아뵙고 있다.

2014년 가을 무렵 나는 누나와 함께 어머니가 계신 '은혜마을' 에서 솜씨자랑을 기획했다. 국악을 하고 있는 누나는 보컬, 내가 기타와 노래를 함께하는 간단한 재롱잔치로 생각했었다. 날짜는 12월 24일, 크리스마스 이브 날이고 어머니가 만 아흔살이 되는 날로 잡았다.

아흔 살은 백세를 바라본다고 해서 망백이라고 한다. 그래서 우리가 생각한 작은 음악회는 어머니를 위한 망백기념음악회가 되었다. 나중에 이 사실을 알고 음악과 강연 활동하고 있는 누나 동창 허병돈 선배가 음향장비를 지원해 주셨고, 색소폰 연주까지 동참해 주셨다. 참 고마운 분이다.

나름 셋이서 맹렬 연습을 했다. 공연 당일 오후 2시, 요양원의 전체 입소자와 직원들이 모였고, 요양원내 실내광장에는 "행복음악회 '세상에 빛을 이웃에 사랑을' 한국전력 연천지사 후원" 이라고 적힌 현수막을 걸었다. 레퍼터리는 '징글벨' 과 '창밖을 보라' 등 크리스마스 캐롤 두 곡을 다 함께 노래하고, 내가 '내 나이가 어때서' 와 '좋은 걸 어떡해', 누나가 가요 '아미새' '정말 좋았네' 와 신민요

'뱃노래' 와 '진또배기' 를 불렀다. 동생 봉근이가 춤도 추고 모래 '모정의 세월' 을 불러 은혜마을 가족들의 흥취를 돋우었다.

중간에 케익을 준비하고 복희, 봉길, 봉근 삼남매와 김영순, 박은숙 두 며느리가 동참하니 다시 없이 의미 있는 어머니의 망백 축하 행사가 됐다. '생일축가' 와 '어머니 마음' 을 함께 불렀다. 가슴이 울리고 코끝이 찡해 왔다. 장남으로서 칠순, 팔순 잔치도 못해 드렸으니 감회가 남다르다. 시간을 허락해 주시고 호응해 주신 요양원장님과 관계자 분들께 감사드린다.

이제 어머니는 잘 듣지도 못하시고, 의사표시도 눈을 흘기거나 욕하거나 '좋아 좋아' 등 몇 마디 밖에 못하신다. 면회가 끝나서 이마를 맞대고 "또 올게요" 하고 휠체어를 돌려 생활실로 모셔드리면 뒤도 안 돌아 보신다. 눈앞만 벗어나면 좀 전 만남의 반가움도 아쉬움도 그냥 잊으신다.

어버이를 섬김에 때를 놓치지 말라는 의미의 풍수지탄(風樹之嘆)이란 옛 말을 되새길 수밖에 없다. 이제부터라도 자주, 아니 한 번이라도 더 찾아뵈리라 다짐해 본다.

09

서울 지하철과 시

서울 생활은 분주하다.

서울뿐만 아니라 대도시 생활은 분명히 바쁘게 돌아간다. 핑계가 되겠지만 은사, 친구, 옛 상사 등 전화 한 번 하기도 쉽지 않다.

마음은 왜 이렇게 괜히 바쁜지 모르겠다.

나는 2012년부터 지하철을 많이 이용하게 됐다. 서울에 근무하는 동안에는 여러 번 갈아타는 전철보다는 한 번에 회사까지 가는 버스나 승용차를 많이 이용했다.

춘천으로 전근하면서 서울 지하철과 경춘선 전철을 이용하게 됐고 주말에 집에 와서도 전적으로 전철을 이용하는 편이다. 연천으로 근무처를 옮긴 후에는 1호선을 이용해 동두천까지 가서 거기서 연천까지 승용차를 이용한다.

전철은 바쁜 현대인의 생활에서 교통체증을 피하고 약속시간을 맞출 수 있는 가장 편리한 수단이다.

요즘은 지하철 타기 전에 스마트폰의 앱을 이용해 열차 시간과 갈아타는 곳을 확인하고 알람 기능도 활용한다. 교통 앱은 갈아타기 편리하게 몇 번째 칸의 출입문 번호까지 알려준다.

특히 주말에 서울과 춘천 그리고 연천을 오가는 길에 두 번씩 갈아타야 하니까 알람 기능을 참 요긴하게 활용한다. 나는 한동안 '지하철 내비게이션' 을 이용하다가 요즘은 알람 기능 때문에 '스마터 서브웨이' 로 바꿔 사용한다.

지하철은 또한 나의 독서실이 됐다. 서울에서는 거의 승용차를 이용하지 않는다. 책을 읽기 위해 일부러 지하철을 타는 상황이 됐다. 지인들의 결혼식장에 갈 때도 책을 한 권 들고 나온다. 오가는 한두 시간이 행복해지고 시간 활용이 알차진다.

식장에서 책 한 권 들고 있기가 어색해서 요샌 지인들 눈도장 찍기 대신 일찍 식장에 앉아 책을 본다.

우리나라의 지하철은 1974년 8월 15일 청량리에서 서울역간 개통으로 시작됐다. 이젠 서울에만 아홉 개 호선, 인천, 부산, 대구, 대전에도 지하철이 생겼다. 서울에만 311개의 역이 있고 총 연장거리는 332㎞에 이른다.

위키백과를 찾아보니 이제 지하철의 본고장인 런던을 비롯해 뉴욕, 모스크바, 베이징, 상하이, 도쿄, 베를린, 파리 등과 맞먹는 수준이란다.

많은 사람들이 해외여행을 다녀오고 나면 무용담처럼 신나게 재미있었던 일, 감동 받은 것들을 나눈다. 그리고 맨 뒤에는 역시 우리나라가 좋다고 얘기하는 것을 듣곤 한다.

나도 해외여행을 다녀오고 나면 음식 인심이 좋고, 물이 좋고, 특히 지하철이 깨끗하단 걸 절감한다. 하도 깨끗하기로 소문이 나서 외국의 낙서꾼들이 원정 와서 지하철 벽에 스프레이로 낙서를 하고 갔다는 신문기사를 본 기억이 난다.

2012년 춘천으로 전근하고 주말에 지하철과 경춘선 전철을 이용하면서 서울 지하철 스크린 도어에 있는 시에 눈길이 갔다.

2008년도부터 시가 게시된 지하철에서 시집을 사지 않고, 책을 펴지 않고도 출퇴근길에 시를 읽을 수 있다는 것은 참 고마운 일이다.

내가 읽은 시들은 대부분 서정적이다. 어린 시절 할머니 얘기, 어머니 품 등 마음을 포근하게 하는 시가 많다.

게재 공간의 제약이 있어서이겠지만 짧으면서도 함축적이고 생각을 하게 하는 글들이 많다. 삶을 관찰하는 듯, 즐기는 듯한 시들을 보면 나도 마음이 편해지고 행복해진다.

낙엽 꽃

노랑 빨강
널따란 꽃밭에 꽃송이가 가득하다
물감을 뿌려놓은 것도 아닌데

밤새 꽃비가 내렸나
어제까지만 해도 없었는데
이렇게 예쁜 꽃밭을 누가 만들어 놓았을까

가을은 요술쟁이다
산천을 천연색으로 염색하더니
지금은 천지를 낙엽 꽃으로 수를 놓았다.

2015년 시민공모작으로 조희숙 씨의 작품인데 마치 눈앞에서 보고 시낭송을 듣는 느낌이다.

몇 번 읽어 보다가 다시 읽어 보다가 사진을 찍는 일이 잦아졌다. 더 음미하고 싶은데 열차가 들어온다.

어느덧 저장된 사진이 30편이 넘어 계속 쌓여가고 있다. 덕분에 나는 두 권의 시집을 갖게 됐다. 지하철 스크린 도어 시집과 스마트폰 시집이다.

서울의 지하철에 시가 등장한 것은 승강장에 안전문이 생기기 시작한 2008년도이다. 이제 288개 역 4,841개 안전문에 1900여 편의 시가 실려 있다. 서울시는 시의 다양성과 일반 시민의 참가를 높이기 위해 기성 시인 외에도 일반 시민을 대상으로 공모도 했고, 2년 주기로 교체한다고 한다.

이 시가 지하철 이용자들의 사랑을 받자 지하철에 게재된 시를 모은 책이 나왔다. 1집이 《희망레시피》, 2집이 《사랑레시피》, 3집이 《행복레시피》였고, 이제 《연간지하철시집 2014판》으로 이어졌다. 올해는 지난 6월 《연간지하철시집 2015판》이 출간되었다.

나는 오늘 지하철을 타고 다니면서 시를 읽고 사진을 찍어 모으는 즐거움에 하나 더해 연천도서관에서 2015년판 《지하철시집》을 빌렸다. 책을 보는 동안 행복이 두 배가 될 것이다. 정겹고 포근한 시가 시민들과 함께 호흡하는 서울은 참 행복한 곳이다.

10

나의 애창곡

나는 통기타 세대이다.

중 · 고등학교를 다니던 70년대는 가요계 르네상스기라고 할까 대학가요제, 강변가요제 등으로 대중음악이 왕성하게 발전하던 때로 기억난다.

최근 조영남, 송창식, 윤형주, 이장희, 김세환 등 소위 세시봉 문화를 이끌던 멤버들이 다시 사랑을 받고 있지만, 이들중 송창식, 윤형주의 트윈폴리오가 서정적인 가사와 멜로디로 청춘들을 휘어잡았던 시기이다.

중학교부터 대학 시절까지 음악은 나를 위로해 주던 세상의 빛이었다. 음악에 특별한 재능이 있었던 것은 아니었지만 노래하는 것이 너무 좋았다. 수업 중 쉬는 시간에는 가요책을 꺼내놓고 함께 부르던 기억이 난다. 집집마다 기타가 한 대씩 있었고 가정 형편이 어려웠던 우리 집도 클래식 기타를 한 대 마련했다.

기타를 치기 위해 친구 춘선이나 광운이네 집에서 밤 늦게까지 기타를 어깨 너머로 배우곤 했다. 결국은 몇 달 동안 어머니를 졸라 고등학교 2학년 때 기타를 샀다. 기타가 있는 친구들 집에는 적어도 열 권에서 서른 권까지 가요책이 있었다.

새로 산 가요책은 자랑거리였다. 그 때 가장 활기 있는 가요책 출판사는 세광출판사였던 것 같다.

트윈폴리오의 송창식, 윤형주가 토해내는 감미로운 이중창과 감성을 자극하는 노랫말은 어린 가슴을 맹타했고 부르고 또 부르던 시절이었다. 지금도 젊어 보이는 김세환의 얼굴처럼 둥글둥글한 목소리와 노랫말은 내 청각을 통해 마음 속으로 파고 들었다. 김세환의 노래 중에서 경쾌한 리듬에 사랑하는 사람의 마음을 잘 표현한 가사가 좋아 '사랑하는 마음' 과 '좋은 걸 어떡해' 는 나의 애창곡이 됐다.

"사랑하는 마음보다 더 좋은 건 없을 걸/ 사랑받는 그 순간보다 흐뭇한 건 없을 걸./ 천 만 번 더 들어도 기분 좋은 말/ 사랑해."

이런 노랫말의 '사랑하는 마음' 은 이성에 눈뜨던 시절에 연애의 감미로움으로 나를 유혹했다.

“좋은 걸 어떡해 그녀가 좋은 걸/ 누가 뭐라 해도 좋은 걸 어떡해./ 말로는 곤란해 설명할 수 없어/ 그냥 네가 좋아. 아마 이게 사랑일 거야.”

이런 노랫말의 ‘좋은 걸 어떡해’는 느닷없이 닥쳐온 사랑에 행복해 하는 사랑고백이다. 이 두 곡은 지금도 나를 10대로 돌려놓는 노래들이다.

부부동반 모임이나 아내와 함께하는 자리에서 부르는 노래는 따로 있다. 가정의 평화와 행복을 위해서는 언젠가 유행했던 TV광고에서처럼 ‘쇼’를 해야 한다. 이럴 때에 부르는 노래는 김정수의 ‘당신’, 김종환의 ‘사랑하는 이에게 2’, 태진아의 ‘동반자’, 분위기가 좀 더 고상할 땐 바리톤 김동규가 부른 ‘10월의 어느 멋진 날에’가 있다.

“내 품에 안기어 곤히 잠든 그대여 어느덧 그대 눈가에도 주름이 졌네. 이 생명 다하는 날까지 그대를 사랑하리.”

김정수의 ‘당신’ 가사 일부이다.

김종환의 ‘사랑하는 이에게 2’는 어떤가.

“이렇게 당신을 사랑하게 될 줄은 난 정말 몰랐어요./ 당신을 사랑해요. 지나간 시간이 너무나 아쉬워요./ 내가 당신을 사랑하는 이유는 당신 없이는 살 수 없기 때문입니다./ 영원히 사랑하고 싶습니다.”

태진아의 '동반자' 는 "내 생애 최고의 선물/ 당신과 만남이었어" 라고 하며 영원한 나의 동반자임을 강조한다.

'10월의 어느 멋진 날에' 를 부를 때는 아내를 가리키며 "네가 있는 세상 더는 소원 없어/ 바램은 죄가 될 테니까" 하며 '쇼' 를 하는 거다.

팝송을 불러도 괜찮은 분위기면 에릭 클랩튼의 'Wonderful Tonight' 을 부른다. 에릭 클랩튼은 후렴에서 파티에 참석해서 모두 눈을 떼지 못하는 아름다운 그녀와 함께하는 마음을 노래한다.

"나는 기분이 최고로 좋아요./ 왜냐하면 당신 눈 속에 있는 사랑의 불빛이 보이거든요./ 가장 놀라운 것은/ 당신은 내가 얼만큼 많이 당신을 사랑하는지 모른다는 겁니다."

내 모든 것을 다 주어도 충분히 알아주지 않아도 아깝지 않은 사랑의 마음을 노래한다. 이런 때에 혼신을 다해서 아내에게 아부를 하는 거다. 얼마나 멋진 '립 서비스' 가 아닌 '싱잉 서비스' 인가.

부부가 같이 노래를 해야 하는 분위기면 정태춘 박은옥의 '사랑하는 이에게' 를 부르거나 듀엣 부부의 '부부' 를 함께 부른다. 두 부부의 노래는 마음에 닿는 가사와 잘 어울리는 멜로디로 많은 청춘남녀 그리고 부부의 마음을 사로잡았다. '사랑하는 이에게는' 이렇게 시작한다.

"그대 고운 목소리에 내 마음 흔들리고/ 나도 모르게 어느새 사랑하게 되었네/ 깊은 밤에도 잠 못 들고 그대 모습만 떠올라/ 사랑은 이렇게 말없이 와서 내 온 마음을 사로잡네."

이 노래는 번갈아 부르다가 함께 부르는 형식의 혼성 이중창곡으로 되어 있다. 듀엣 부부의 같은 이름의 노래 '부부'는 나의 피앙세 '웃음가득'의 애창곡이다.

"정 하나로 살아온 세월/ 꿈같이 흘러간 지금/ 당신의 곱던 얼굴 고운 눈매엔/ 어느새 주름이 늘고/ 돌아보면 굽이굽이 넘던 고갯길/ 당신이 내게 있어 등불이었고/ 기쁠 때나 슬플 때나 함께 하면서/ 이 못난 사람 위해 정성을 바친 여보/ 당신에게 하고픈 말은 사랑합니다./ 사랑합니다./ 그 한 마디 뿐이라오."

이렇게 남성이 1절은 부르면 2절은 답가의 형식으로 여성이 부르는 노래이다.

"이 세상에 오직 한 사람/ 당신을 사랑하면서/ 살아온 지난 날이 행복했어요./ 아무런 후회 없어요./ 당신 위해 자식 위해 가는 이 길이/ 여자의 숙명이요 운명인 것을,/ 좋은 일도 궂은 일도 함께 하면서/ 당신의 그림자로 행복합니다. 여보/ 당신에게 하고픈 말은 사랑합니다./ 사랑합니다./ 당신만을 사랑합니다."

김국환의 '타타타'나 나훈아의 '공', 이무송의 '사는 게 뭔지'도 내가 애창하는 곡이다. 왜냐하면 이 세 곡은 결혼과 삶에 대해 욕심부리지 않으면서도 긍정적인 메시지를 가지고 있어서 나의 인생관과 비슷하기 때문이다.

김국환은 이렇게 노래한다.

“산다는 건 좋은 거지. 수지맞는 장사잖소./ 알몸으로 태어나서 옷한 벌은 건졌잖소.”

나훈아는 ‘공’에서 우리의 삶을 이렇게 노래한다.

“살다 보면 알게 돼. 알면 웃음이 나지./ 너나 나나 모두 다 미련하다는 것을,/ 살다 보면 알게 돼. 알면 이미 늦어도/ 그런대로 살 만한 세상이라는 것을.”

어리석고 미련하고 완벽할 수 없는 우리들, 마음을 비우고 욕심부리지 말고 살자는 가사가 오십대 중반을 넘어서면서 더욱 가슴 속으로 다가온다.

“사랑이 무엇인지 아픔이 무엇인지 아직 알 순 없지만/ 인연이 끝난 후에 후회하지는 않겠지. 알 수 없는 거잖아./ 사랑한 사람들은 이렇게 얘길하지 후회하는 거라고./ 하지만 사랑 않고 혼자서 살아간다면 더욱 후회한다고.

결혼이 무엇인지 사는 게 무엇인지 아직 알 순 없지만/ 몇 년이 지난 후에 후회하지는 않겠지 알 수 없는 거잖아./ 살아본 사람들은 이렇게 얘길하지 후회하는 거라고./ 하지만 둘이 아닌 혼자서 살아간다면 더욱 후회한다고.

사랑을 하면서도 후회해도 한평생을 살 사람아./ 정들어 사는 인생 힘들어도/ 당신만을 사랑하리라.

사랑을 하면서 후회는 왜 하나./ 정들어 사는 인생 힘들어도/ 당신만을 사랑하리라."

1992년도에 발표한 '사는 게 뭔지' 에서 가수 이무송은 이렇게 노래했다. 그리고 전국민 애창곡이 됐다.

나는 40대 후반에 이 노래를 듣고 사랑과 결혼에 대해 새로운 깨달음을 얻었다. 그리고 지금도 매월 첫 주 수요일 행복공감데이에 젊은 우리 직원들 앞에서 이 노래를 부른다.

산에서 주로 부르는 노래도 있다. 군대에서 장거리 행군에 힘이 들면 군가를 한다. 20년이 넘게 등산을 즐겨온 나는 특히 장거리 산행으로 힘이 들 때도 노래를 한다. 호흡이 빨라지고 일시적으로 힘이 들지만 지쳐가는 분위기를 전환할 수 있다.

음유시인으로 불리는 가수 이동원과 테너 박인수가 함께 불러 '크로스 오버' 로 대중음악의 새 장을 열었던 '향수' 가 내가 산행 중에 혼자 자주 부르는 노래다.

넓은 벌 동쪽 끝으로
옛 이야기 지줄대는 실바람이 휘돌아 나가고
얼룩배기 황소가

해설피 금빛 게으른 울음을 우는 곳

그 곳이 차마 꿈엔들 잊힐리야.

농촌의 경치를 눈앞에 보일 듯이 묘사하며 사무치게 그리운 고향을 노래한 정지용 시인의 시를 음미한다.

이렇게 노래는 나에게 매순간 삶의 찬미가 되고, 바람에 대한 기도이고 주문이 된다. 사랑의 세레나데이며 인생을 바라보는 창문이 되고 되비치는 거울이 된다. 때론 그리움의 여적을 치유하는 특효약이 된다.

노래는 내 인생에 있어서 여지없이 찐빵 속의 '앙꼬' 이다.

II

스승의 은혜

"스승의 은혜는 하늘 같아서 우러러 볼수록 높아만 지네."

2015년 7월 3일 고등학교 은사님들을 초청했다. 이미 37년이 지난 아스라한 추억과 함께 선생님들과 재회했다.

연천군 청산면 장탄리의 동생 봉근이가 운영하는 '한탄강 보름달' 에서 네 분 선생님을 만났다.

동창 김광수와 박재숙이 함께 했다. 두 사람은 군청에 일하고 있다.

제자의 초청에 먼 길을 마다않고 와 주신 선생님들은 김형선 체육선생님과 노재균 물리, 최정호 수학선생님이셨다.

참 그리고 약방의 감초격이자 마당발이신 성주억 상업선생님이

이 자리를 마련하기까지 애써주셨다.

거의 40년 만에 찾는 선생님들을 수소문해 주셨고 사제 간의 만남에 오작교가 되어주셨다

지난 스승의 날을 앞두고 속을 썩이던 이 못난 제자 때문에 고생이 많으셨던 선생님들이 떠올랐다. 태권도부를 담당하셨던 김형선 체육선생님이 제일 먼저 떠올랐다. 고등학교 때 나는 태권도부의 부장을 맡고 있었다.

운동부 부장과 체육선생님과는 가까울 수밖에 없지만, 내 생애 최고로 많이 '빳다' 를 맞았던 기억과 말썽부린 제자의 뒤치다꺼리를 해 주신 고마움 때문이다.

김형선 선생님과의 에피소드다.

오래 되기도 했고 무작정 방황하던 때라 그 선생님 성함은 잘 기억이 나지 않는다.

그때 나는 어떤 이유로 수학선생님께 반감을 가졌고 그에 대한 표시로 백지투쟁을 했었다. 동기야 있었겠지만 '이유 없는 반항' 에 속하는 것으로 보면 될 것이다. 우등생이 백지를 냈으니 대형 사건을 일으킨 셈이다.

결국 김형선 선생님이 알게 되었고 그 날 나는 운동장 남쪽에 있는 스탠드에 엎드려 야구 '빳다' 로 50대를 맞았던 기억이 난다. 선생님이 말씀하셨다.

"너는 운동할 자격이 없어. 선생님께 용서를 빌지 않으면 학교에서 태권도를 할 수 없다."

결국은 용서를 빌고 운동을 계속할 수 있었다. 그때 태권도는 내게 운동 이상의 의미가 있었다. 처음에 어머니가 태권도를 권유하셨을 때는 하기 싫어서 도망을 다니다가 사범한테 붙들려서 억지로 하게 된 태권도였다.

결국은 김형선 선생님의 중재로 수학 점수는 60점으로 처리되고 그 시험에서 아마 전 과목 학년 석차로 25등이 되었던 것 같다. 하지만 김형선 선생님은 기억하지 못하셨다.

화제는 주로 말썽 부리고 사고 치던 애기로 시작됐다. 송구스럽고 감사한 추억이 담긴 스토리들이다. 성주억 선생님의 재담과 분위기 조성으로 사제의 정이 익어 갔다. 옛 이야기에 시간이 가는 줄을 모른다.

나의 방황하던 고등학교 3학년 시절 애기가 나오고 38년 전으로 타임머신이 이동한다. 김형선 선생님께 '야구빳다' 로 사랑의 매를 맞은 애기며, 성주억 선생님 하숙방에서 한 달 동안 합숙을 하며 군기(?) 교육을 받던 애기가 오간다.

추억에서 오는 웃음 꽃이 가득하다.

스승의 은혜를 크기로 잴 수 있는 것은 아니지만, 내가 가장 큰 은혜를 입은 선생님은 상업과목을 담당하셨고 담임이셨던 성주억 선생님이셨다. 내가 방황하던 고 3시절 한 달 동안 선생님 하숙방에서 동거형 '군기교육' 을 받았다.

어머니의 허락 하에 방과 후에는 꼼짝없는 영어의 몸이 되었다. 특별한 교육 프로그램은 없었고 당시 영화로도 나오고 널리 알려진 《선생님께 사랑을》 책을 읽었던 기억이 난다.

지금도 잊지 못하는 다른 기억 하나는 선생님 방 창문에 적혀 있는 글귀다.

"싼 술은 위장을 망치고 비싼 술은 지갑을 망친다."

성주억 선생님은 약주를 즐기시기로 그 때도 유명했다.

게다가 선생님께선 내가 취업에 실패하자 어머니의 요청에 따라 나의 졸업을 유보시키셨다. 지금 같으면 불가능한 일일 것이다.

그래서 나는 피눈물을 머금고 후배들과 고등학교 3학년을 또 다녀야 했다. 취업을 위한 재수학원 대신에 학교를 한 해 더 다녀야만 했다.

정말 상상할 수 없는 결정이었고 고 3때 잠깐 방황한 대가로는 너무 가혹했다. 어려운 형편에 취업에 실패하고 죄인이 된 몸이라 어쩔 수 없이 따라야 했다.

3월에 새 학기가 시작되고 그 해 8월에 시험을 치러 10월 10일에 한국전력주식회사에 입사했다. 같이 공부한 시간은 7개월 남짓이지만 후배들과 동창이 됐다.

당시 성주억 선생님이 아니셨으면 불가능했을 것이다. 나의 진로가 어떻게 됐을지 모를 일이다.

오랜만의 사제지간의 만남. 올려 드리는 잔에 마음이 오가며 손을 잡아주시는 선생님들. 하지만 작별은 피할 수 없고 다음을 기약한다.

“선생님, 고맙습니다. 그때 속 썩인 것들, 이젠 추억이 됐네요. 부디 건강하시고 행복하세요.”

헤어진 지 얼마 지나지 않아 두 선생님의 문자 메시지가 왔다.

“오늘 감사합니다. 고맙습니다. 제가 대천으로 초대하겠습니다. 아름다운 인연, 가는 곳마다 웃음 꽃 피우고, 떠난 곳마다 아름다운 추억을 남기고, 잊혀지는 곳마다 아기자기한 사랑을 남기겠습니다. 최 교장님과 박재숙 제자님께는 누군가가 전하리라 믿으며 열심히 살겠습니다. 성주억.”

여행을 좋아하시고 〈장마철에 쓰는 일기〉라는 제목으로 20년 가까이 여행기를 쓰고 있는 성주억 선생님은 내가 회사에서 전근하여 가는 곳마다 지나시는 길에 꼭 찾아오신다.

마음은 항상 갚을 수 없는 은혜로 가볍지 않지만 사제 간의 정이 날로 두터워지고 내 삶의 수호천사라는 생각이 든다.

"오늘 우리들의 만남
너무나도 소중하고,
아름다웠다.
너무나도 고마웠고,
많은 부담을 주고 와서
미안하다.
다음엔 인천에서 한 번
만나자. 술은 내가 살께.
항상 건강하고,
행복하길 ——♡"

이것은 노재균 선생님의 문자 메시지다. 선생님은 내가 고등학교 3학년 때 담임선생님이셨다.

제 4 장

지금부터 더욱 행복하기

01

세 번째 유언장 쓰기

나는 유언장을 다시 쓰기로 했다.

유언의 사전적 의미는 '죽음에 이르러 말을 남김, 또는 그 말' 이다. 법률적으로는 '자기의 사망으로 인하여 효력을 발생시킬 것을 목적으로 하여 행하는 단독의 의사 표시' 이다. 만 17세 이상이면 누구나 할 수 있다. 유언의 방식으로는 자필증서, 녹음, 공정증서, 비밀증서, 구수증서 따위가 있다. 남아 있는 사람들에게 꼭 하고 싶은 말이다. 평소 못했던 얘기나 사후 어려움이나 분란을 방지하기 위한 재산 배분, 장례 등에 대한 바람 등을 쓴다.

죽음이 갖는 절대성 때문에 유언을 남기는 이도 유언장을 보는 이도 예사로울 수 없을 것이다.

내가 유언장을 처음 써 본 것은 지난 2007년 평창에 근무할 때이다. 그런데 마무리하지 못하고 중간에 그만둔 것으로 기억한다. 지난 2012년 춘천에 근무할 때 스테판 폴란과 마크 레빈이 쓴 책《다 쓰고 죽어라》를 읽었다. 1997년에 출간돼 2000년에 우리나라에 번역판이 출판되고, 2007년까지 11번이나 인쇄가 된 책이다. 잠깐 소개하면 저자의 메시지는 이렇다.

첫째, 지금 당장 사표를 써라.
둘째, 현금으로 지불하라.
셋째, 은퇴하지 말라.
넷째, 다 쓰고 죽어라.

평생 직장의 개념은 평생 직업으로 바뀌었다. 일을 하는 이유는 돈을 벌기 위해서이다. 직장이나 직위는 자신이 달성해야 하는 목표가 아니라 수단으로 인식해야 한다. 현금을 쓰는 아날로그식 삶을 사는 것이 경제적 자유로 가는 더 빠른 길이라는 주장이다. 100세 시대에는 은퇴는 미덕이 아니라 자신과 가족의 삶에 부정적인 요소가 된다. 고령화 시대에는 오래 일하는 것이 가장 중요한 덕목이 된다.

저자들은 제목처럼 다 쓰고 죽어라, 즉 보유하고 있는 집도 역모기지와 같은 제도를 이용해 자신의 생활비로 다 쓰라는 것이다. 그

것이 자녀들이 더 건실하게 이 세상을 살아가게 하는 길이라고 주장한다.

나는 이 내용을 전적으로 지지한다. 특히 유산을 남기지 않고 다 쓰고 죽는 철학에 공감하고 아내에게도 이 책을 읽게 했다. 또 두 아들에게도 이런 얘기를 전했다.

지난 해 가을 이 책을 다시 읽고 나서 우리 연천지사의 월례모임인 '행복공감의 날' 북 살롱 시간에 요지를 소개했다. 직원들에게 읽어 볼 것을 권장했다. 희망하는 직원의 신청을 받아 구입해 주었다.

다시 유언장 얘기로 돌아가자. 이 책 《다 쓰고 죽어라》의 제18장 '미리 유언장을 만들어라'를 읽고 내가 아내와 아이들에게 보여준 유언장의 내용은 이랬다. 참고로 우리 부부는 2010년 10월에 사랑의 장기기증운동본부에 각막을, 시신은 지난 2014년 7월에 가톨릭의과대학교에 기증하기로 등록했다.

유 언 장

나 김봉길이 죽으면 다음과 같이 처리해 주시기 바랍니다.

1. 암사동 아파트 일체는 우리 부부의 공유재산이므로 처 김영순의 의지에 따라 처리합니다.

• 부부가 동시에 없는 경우 장남과 차남에게 50%씩 분배합니다.

2. 은행 등 금융기관의 예금 예탁금 등 일체는 처 김영순의 몫으로 합니다.

• 부부가 동시에 없는 경우 장남과 차남에게 50%씩 분배합니다.

3. 장례식은 간소하게 하며, 각막과 시신일체는 장기기증운동본부와 가톨릭대학교에 기증하였으므로 절차를 따르고, 묘지 등은 없도록 해 주기 바랍니다.

2014. 11. 29

경기도 연천군 연천읍 차옥로 81 조홍아파트 102동 1109호

김 봉 길 인

나는 이 책에 유언장에 대해 글을 쓰기 전에 나의 유언장을 다시 살펴보았다. 다 쓰고 죽는다고 하더라도 갑자기 죽는 경우도 생각해야겠기에 이렇게 썼다. 모든 재산은 아내의 몫으로 하고 만약의 경우에는 두 아들이 반씩 나누도록 했다. '다 쓰고' 죽으려는 사람의 유언장 치고는 별다른 건 없다.

그런데 다시 쓴다면 한 가지를 더 넣어야겠다. 희박한 경우겠지만 뇌사 등의 경우에 연명치료 때문에 어려움을 겪는 가족들이 많다. 아내나 우리 아이들은 그런 맘 고생이 없었으면 한다.

유언장을 다시 쓰기 위해 읽은 책 중의 하나가 일본의 프리랜서

칼럼리스트이자 저널리스트인 카주미 야마구치가 쓴 《중년, 꼭 한 번은 유언장을 써라》이다. 저자가 권하는 방식의 유언장을 준비해 보기로 했다. 죽은 후에 남기기 위한 유언장과 지금까지의 나를 돌아보고 앞으로 잘 살기 위한 유언장을 만들게 됐다.

'아 이렇게 유언장을 써 보면 더 행복하게 살 수 있겠구나' 하는 생각이 들었다. 살아있는 내가 잘 살기 위한 유언장을 '신개념 유언장' 이라고 이름을 붙였다. 이로써 내가 현재 가지고 있는 것들을 재확인하고, 나의 인적 자산도 다시 돌아보는 계기가 되었다. 남은 인생을 어떻게 살아야 할지에 대해 조금 더 구체적으로 생각하게 되었다.

만들어야 할 것이 많아 몇 가지만 작성하기로 했다. 하루, 한 주, 한 달 버킷리스트, 나의 역사연표, 미래연표, 인생중기계획, 장기계획, 신세진 사람 목록, 재산목록을 만들었다. 짬짬이 시간을 내어 신개념 유언장을 만드는 데 열흘이 걸렸다. 고마운 분들에 대한 목록을 만들면서 감사 표시 계획을 세웠다. 이것들을 하나하나, 차근차근 실천해 갈 것이다. 덕분에 열세 분의 은인 중에 벌써 여덟 분과 감사의 자리를 가졌다. 오는 11월 또 한 분의 은사를 초청해 마음을 전하려고 한다.

우선 하루 버킷리스트. 내가 '내일' 죽는다면 무엇을 할 것인가를 생각해보니 막상 할 수 있는 게 하나도 생각이 나질 않았다. 실제상황이라면 더욱 생각할 시간도 없을 것이다. 가족부터 한 사람씩 전화해서 사랑한다, 고맙다, 미안했다고 해야겠다는 생각이 떠올랐다.

가족들에 대한 생각이 죽 지나가고 문득 내가 좋아했던 중학교 동창이 생각났다. 그리고 패러글라이딩을 할 수 있을까? 스쿠버다이빙을 할 수 있을까? 왜 이 중요한 순간에 이런 생각이 나는 것인지 모르겠다.

내가 죽었다는 사실을 누구에게 알리도록 해야 할까? 결론은 하루에는 할 수 있는 것이 거의 없었다. 그렇다. 극단적인 가정이긴 하지만 내일 죽는 상황이 막상 닥치면 준비할 시간도 생각하기도 힘들 것이다.

이렇게 죽기 1일, 일 주일, 한 달 전에 하고 싶은 것들을 정리해 봤다. 소요시간과 비용을 어림해 보았다. 이것은 앞으로의 삶을 더욱 행복하게 살아가는 데 큰 도움이 될 것이다. 미리 만들어 두고 수정해 나가려 한다. 1년에 두 번, 12월 말일과 6월 말일. 그 때마다 생각도 달라질 것이다.

여기서 나는 유사시 꼭 하고 싶은 것을 실천하려면 무엇보다 경제적 준비가 필요하다는 것을 다시 확인했다.

내 자신의 장례식은 어떻게 할까. 이건 이미 내가 죽은 뒤의 일이니까 희망사항이다. 장례식은 하는 것이 낫겠다. 그 동안 내가 찍은 사진, 비디오 그리고 내가 노래 부르는 동영상 또는 지인들에게 전하는 고별사를 장례식장에서 보여줬으면 좋겠다. 내가 살아있는 동안 틈틈이 준비해 놓을 것이다. 더불어 내가 지금 쓰고 있는 이 책도 조문객들에게 한 권씩 나눠주면 좋겠다. 많은 분들의 덕분에 행복하게 살다가 갔노라는 의미로.

나의 역사연표. 고등학교 졸업 후부터 적어봤다. 연도별로 사건들, 만난 사람들을 기억나는 대로 세 명씩 기록해 봤다. 뒤돌아보니 소중한 인연들이 너무 많다.

미래연표와 인생 중장기 계획, 정년퇴직 후 하려던 계획 몇 가지를 연도별로 적어봤다. 주된 내용은 책 두 권 더 쓰기, 아내와 유럽 여행가기, 성당에서 노래 봉사활동하기, 고궁해설사 도전하기, 프리스타일 축구 도전하기, 아너스클럽 가입하기, 아프리카 킬리만자로 산 등정, 마운틴 쿡 등정 도전하기 등을 꼽았다. 매년 두 번씩 점검해 나갈 것이다.

죽음은 누구나 필연적으로 겪게 되는 것이지만, 사람들은 대부분 죽음을 두려워하거나 생각하고 논의하는 것을 꺼린다. 그러다 보니 '잘 죽는 것' 에 대해 진지하게 고민하거나 '아름다운 죽음' 을 준비할 기회를 갖지 못한다.

하지만 최근 들어서는 죽음에 대해 진지하게 생각해 보고 준비한다면 현재의 삶에 더 충실할 수 있다는 인식이 확산되고 있다. '잘 죽을 수 있도록 차분하게 준비한다면 남아 있는 삶이 더 진지해질 것이다' 라는 몽테뉴의 말처럼 다가오는 죽음을 인정하고 대비하는 시간을 가져보면 현재의 삶이 더 소중하게 느껴질 것이다.

조금 달라진 나의 유언장이다.

유 언 장

남은 생애를 누구보다 행복한 인생을 살기로 다짐하면서 나의 뜻을 남깁니다.

1. 남기는 얘기

가족 모두에게 : 사랑했습니다. 미안했습니다. 인생은 소풍입니다. 늘 감사하면서 행복하게 사세요.

♡ 아내에게 : 사랑해요. 늘 고맙고 미안했어요.

♡ 진욱에게 : 늘 신중하면서도 도전적인 진욱에게. 한 순간 한 순간을 소중히 하면 내공이 쌓이는 것이 인생이란다. 긍정적인 생각, 부드러운 말, 적극적인 행동으로 행복을 가꾸어 가길 바란다.

♡ 진환에게 : 낙천적이면서 창의적인 진환! 한 순간 한 순간을 소중히 하면 내공이 쌓이는 것이 인생이란다. 긍정적인 생각, 부드러운 말, 적극적인 행동으로 행복을 가꾸어 가길 바란다.

♡ 누님께 : 받기만한 사랑 갚지 못합니다. 행복하세요.

♡ 동생에게 : 형 노릇 제대로 못해서 미안하다.

2. 재산처리

(생략, 앞 부분과 동일)

3. 장례 등

내가 의사표시를 못하는 특별한 상황에서 심폐소생술 등 연명치료는 절대로 하지 말기를 바랍니다. 사망시 장례미사를 올려주기 바랍니다. 장기와 시신일체는 장기기증운동본부와 가톨릭대학교에 기증하였으므로 절차를 따르고, 묘지는 만들지 않기 바랍니다.

2015. 10. 31

서울 강동구 고덕로 130, 112동 1104호(프라이어팰리스)

김 봉 길 인

02 묘비명

우리가 사는 이 세상에서 가장 유명한 묘비명은 버나드 쇼의 '우물쭈물 하다가 내 이럴 줄 알았지' 가 아닐까 생각한다. 시간의 소중함과 어떤 일을 미루지 말라는 뜻으로 정말 많이 인용되곤 한다. 지난 해에 나는 아버지 산소를 이장하고 묘비명을 구상해 보는 기회가 있었다.

묘비명은 사람이 죽은 후에 유족이나 지인이 묘비에 써 주는 글이다. 그 사람의 일생을 함축하는 의미 있는 글을 비석에 올릴 수도 있을 것이고 고인이 평소에 좋아하던 글귀나 시 등을 새기기도 한다. 죽은 후에 남는 이 짧은 글귀가 고인을 기리고 후인들의 삶에 이정표가 되거나 유익한 역할을 하기를 바라는 것일 것이다.

2014년. 음력으로 연중에 10월이 두 번 있는 해이다. 윤월 즉, 두 번째 10월에는 온갖 액운으로부터 보호 받을 수 있는 달이라고 해서 묘지와 관련된 각종 산역이나 이사를 이때에 많이 했다.

나는 아버지에 대한 기억이 없다. 아버지는 내가 세 살 때, 48세에 병환으로 돌아가셨다고 한다. 돌아가신 아버지는 본관은 경주, 성은 김씨, 계림군파이고, 함자는 세울 건(建)자로 외자 이름이다. 내가 군대를 제대한 1983년의 다음 해니까 지난 1984년 아버지의 묘를 강원도 횡성에서 연천으로 옮겨왔다.

아버지 산소 일대에 공장이 들어선다고 이장 공고가 났었다. 그때 산소를 옮겨 오는 것을 도와주신 연천의 경주김씨 종친 어르신들께 다시 한 번 감사의 말씀을 올린다. 그 후 읍내리 공동묘지의 아버지 산소를 연천에 사는 동생이 주로 돌봐왔다. 묘지의 앞뒤에 활엽수가 여러 그루 서 있어서 잔디가 잘 자라지 않았다. 윤달을 맞이해서 개장을 하기로 했다.

수개월을 수소문한 끝에 양주시의 천주교 묘원으로 이장하기로 했다. 납골당과 수목장을 고려해 봤지만, 두루 돌아보니 납골당은 비용은 저렴한 편이지만 옥내에 너무 많이 유골을 수용하여 갑갑하고 불편해 보였다. 수목장은 묘지 수목의 관리 상태와 주변의 다른 나무들과 비교에 따라서 맘이 편하지 않을 것 같다. 그래서 결국은 평분으로 하기로 하고 천주교 묘지를 택했다.

나는 누나와 상의해서 어머니가 항상 강조하시던 말씀을 묘비으로 쓰기로 했다. 어린 동생들을 위해 고등학교 진학도 포기한 누나는 가난한 우리 집의 어머니 역할을 해야 했다. 누나가 고등학교 진학을 고민할 무렵 내 나이는 여섯 살로 초등학교도 들어가기 전이었다. 어머니는 우리 집안의 가장으로 생업의 일선에 나서서 돈을 벌어야 했기 때문에 집안일은 누나의 몫이었다. 어머니에게 누나는 집안의 대소사를 상의할 수 있는 첫 번째 상대였다. 두 동생에게 잔소리하고 챙겨 먹이고 돌보는 일은 누나의 역할이었다. 어머니는 아버지였고 누나는 엄마였다. 돌이켜 보면 누나가 우릴 돌보지 않았다면 우리 두 동생은 어떻게 됐을까.

누나의 얘기를 듣고 여러 차례 문안을 다듬었다. 결국 비석의 윗단에는 '베풀고 바라지 말며, 은혜를 갚는 마음은 언제나 처음처럼'이라고 새겼다. 그 아래에는 '경주(慶州) 김공(金公) 건(建)' 이라고 본관과 아버지의 성함, 태어나신 날과 돌아가신 날을 적고 그 아랫줄에 어머니의 태어나신 날을 새기고 뒤는 비워뒀다. 나중에 합장을 하기 위해서다.

나는 유언장에 묘지를 만들지 않기를 바란다고 썼다. 시신을 가톨릭의과대학에 기증하기로 등록을 했으므로 나의 시신은 의학 발전을 위해 쓰일 것이다. 묘지가 없을 것이지만 내가 쓴 이 책의 글들이 나의 유언과 묘비명의 역할을 하지 않겠는가.

03 가훈

가화만사성(家和萬事成), 가정의 화목은 모든 일을 이룬다는 뜻이다. 아마도 우리나라에서 가정과 직장 그리고 다양한 영업점에 가장 많이 붙어있는 문구일 것이다. 가훈으로 목판에 새겨서, 또는 액자로 걸어 둔 집도 많이 있을 것이다.

우리 어릴 적에 학교에서는 급훈(級訓), 교훈(校訓), 커서 회사에 입사하면 사훈(社訓)을 만나게 된다. '국민학교' 시절 급훈이나 교훈은 생각나지 않는다. 연천중학교 졸업 앨범을 보니 당시 교장선생님 사진 위에 적선(積善)이라고 한자로 적혀 있다. 우리 3학년 3반 급훈은 '지덕체(知德體)' 라고 역시 한자이다. 연천실업고등학교 졸업 앨범의 교훈은 '정직 근면 성실 협동' 이었고 한글로 쓰여 있다. 3학년 2반의 급훈은 '생각하자 노력하자 성실하자' 였다.

한국전력에 입사 후 사원정신이 있었는데 '협동정신' 이었던 것으로 기억한다. 한전의 비전은 '에너토피아를 건설하자' 와 '전력문화 창달' 등 최고경영자와 시대의 요구에 따라 변해 와 지금은 New Energy Creator, KEPCO가 됐다.

많은 가정에는 가훈이 있다. 우리 집에는 가훈이 없었다. 아버지는 내가 세 살 때 돌아가셨고 어머니는 독학으로 한글을 깨우치신 분이셨기에 가훈을 만들지 못했을 것이다. 홍보실 언론홍보팀(당시 명칭은 홍보운영부)의 차장으로 근무할 때 신문과 방송에서 가훈에 대한 내용을 보고 우리 집의 가훈을 만들었다. 나에게 인생지침이 되고 아이들에게도 도움이 되었으면 하는 바람이었다. 1995년도 쯤일 것이다. 그때 큰 애는 11살 작은 녀석은 7살 때쯤 되겠다. 잘 기억이 나지 않지만 한 달여를 고민했던 것으로 기억한다.

예의 바른 사람
정돈된 생활
기록하는 습관

내가 만든 우리 집의 가훈이다. 당시 필경사로 우리 팀에서 함께 일하던 벽강 조희구 씨에게 붓글씨로 써달라고 부탁해서 액자로 만들었다. 지금은 고인이 된 그는 한글 서예의 대가로 대한민국 서예대전 수상은 물론이고 그의 글씨체가 국가에서 인정한 컴퓨터 글씨체로 지정되었던 기억이 난다.

지금 보면 너무 소심해 보이고 월급쟁이(?) 스타일의 가훈이라는 생각이 든다. 나는 당시에 이 가훈을 중심으로 실천지침을 만들어 아내와 큰 아들 진욱에게 설명하던 기억이 난다.

예의는 내가 아닌 다른 사람에 대한 배려라고 생각된다. 다른 사람에게 호감을 얻는 방법이기도 할 것이다. 나는 첫 번째로 사람됨, 즉 인품을 택했고 그것을 밖으로 나타내는 것이 예의라고 생각한 것 같다. 한 편으로는 아버지 없이 자란 나의 약점을 강화하려는 뜻도 있었으리라.

다음이 생활방식, 즉 정돈된 생활이다. 나는 정리정돈을 정말 못한다. 어려서부터 라디오나 시계 등을 분해해 놓고 치우지 않아 집안을 어지른다고 혼나기 일쑤였고, 지금도 정리정돈에는 정말 자신이 없고 하기 싫어한다. 나의 게으른 측면이다.

군대에서도 제일 하기 싫은 것이 '관물정돈' 이었고 모범 사병이었던 나의 '아킬레스의 건' 이었다. 그래서 가훈으로 정하고 정돈된 생활을 해 보고 싶었다. 하지만 아직도 정리정돈은 내게 정말 어려운 과제이다. 30년을 함께한 아내가 아직도 나에 대해 고개를 흔드는 부분이다.

마지막으로 기록하는 습관이다. 사실, 나는 쓰는 것을 정말 싫어한다. 학창 시절에 필기를 안 하는 것은 물론이고, 숙제 안 해 오기로 둘째 가라면 서러워할 정도였다. 그러니 필체가 좋을 수가 없다. 지금도 나의 수첩은 엉망이다. 하지만 기록이 정말 중요하다는 생각을 했고 이를 나 자신의 지침으로 삼고 아이들에게도 가르치고 싶었다. 오늘도 나는 기록하는 습관을 잘 만들지 못한 것을 후회한다.

나는 요즘 책을 내기 위해 이 글을 쓰면서 여기 저기 내가 모아놓은 자료들과 기억을 더듬어 가고 있다. 과거에 산에 다니면서 찍어 뒀던 비디오, 사진들, 컴퓨터에 기록해 놓은 메모, 이런 것들이 음양으로 정말 도움이 되고 있다. 내가 30대 중반에 만든 가훈이지만 부족하나마 '기록하는 습관' 의 덕을 약간은 보고 있는 듯하다.

나는 자칭 행복고수로서 많은 책을 읽고 행복을 연구하고 나와 함께 있는 직원들에게 적용해 왔다. 행복고수로서 스스로 행복한 모습을 보여 다른 사람들에게 전염시키기 위해 노력해 왔다. 내 아내를 '웃음가득' 이라 이름 짓고 세뇌(?)를 시켰고 아이들도 '오늘은 내 생애 최고의 날이다' 를 외치며 서로 안고 웃는 일이 자연스러워졌다.

이젠 20년 된 가훈을 행복고수답게 개선할 계획을 세우고 있다. 어떤 가훈이 행복고수에게 적합한 작품이 될지 나도 궁금하다.

독자 여러분도 기대하시라.

04 요리주점 투자기 · 1

'통장 잔액이 또 500만원이 줄었다. 벌써 2천 5백만원이 날아갔다.' 2015년 4월 1일

'이자카야 길, 15년 4월 매출액이 1,950만원을 넘었다. 매출이 점점 늘어나고 있다.' 2015년 5월 1일

내 메모장과 블로그 '행복고수가 사는 세상'의 비공개 기록이다.

〈말도 안 되는 소리〉

2014년 12월 2일 작은 아들이 역삼동에 일본식 수제요리전문점 '길'을 오픈했다. 그래서 나는 '이자카야 길'의 투자자가 되었다. 작은 아들 진환은 27살에 사장이 되었다.

그해 8월 어느 날 녀석은 내게 조심스럽게 그러나 넉살 좋게 '베팅' 을 요구했다. 결혼자금 5천만원을 선불로 달라고 한다. 자기가 1년 반 가량 알바를 뛰면서 구상해 왔다고 한다. 자신의 결혼자금으로 5천만원과 형 진욱의 몫 5천만원까지 사업자금으로 쓰겠다고 가불해 달라고 했다. 형의 동의를 받았다고 한다.

나는 속으로 '이 녀석들 봐라. 엿장수 맘대로? 웃기시네! 말도 안 되는 소리!' 하면서 얘기를 들었다. 이 불경기에 머리에 피도, 아니 호적에 잉크도 안 마른 녀석이 사업을 하겠다는 것이다. 한 술 더 떠서 두 사람의 결혼비용에다 5천만원을 아버지에게 투자하라고 한다. 이미 두 녀석 결혼자금 1억원은 자기들 돈인 것처럼 행세한다.

"결혼자금은 너희 두 녀석들이 결혼할 때 내가 준비할 돈이지 투자자금이 아니다."

"곧 망하게 될 사업에 그 돈을 줄 수 없다."

딱 잘라 거절했다. '꿈 깨' 라고 잘라 말했다.

〈가족 75%의 반란〉

"너희들은 고등학교 졸업하면 집을 나가야 한다."

"결혼 자금은 자신이 벌어야 한다."

나는 두 아들에게 중학교 시절부터 늘 이렇게 얘기해 왔다. 그런데 그게 부메랑이 되어 나에게 돌아왔다. 두 아들이 합작해 반란(?)

을 일으킨 거다. 거기다 나의 아내까지 합세해서 '기회를 주라' 고 한다. 내게 '왜 해 보지도 않고 겁을 먹느냐' 며 나를 겁쟁이로 몰아댄다.

"당신이 부채질을 하니까 아이들이 철없는 행동을 한다."

나는 다시는 이 얘기를 꺼내지 않도록 싹을 자르기 위해 아이들이 보는 앞에서 아내를 눈물이 나도록 혼냈다. 그러나 세 식구가 포기할 기세가 아니다.

나는 인터넷을 뒤지고, 자영업, 음식점 창업에 관한 책들을 본격적으로 사보며 안 되는 이유만 찾아냈다. 나는 안 되는 이유만 말하고 아내와 작은 아들은 된다는 얘기만 한다. 해 보자는 거다. 완전히 심판없는 줄다리기이다. 아 이것이 의사소통의 어려움이구나. 그렇게 한 달이 지나갔다.

제발 녀석이 포기해 주길 바랐지만 그건 꿈이었다. '사업의지 박살 비상대책' 을 수립하느라 여러 날 잠을 못 이뤘다. 그 와중에 내 돈 1억 5천이 날아가는 꿈과 사업에 성공하는 꿈에 잠을 설치기도 했다. 재벌 회장이 사운을 건 투자 사업을 결정할 때의 심정이 이렇겠구나 하는 생각도 들었다. 내 인생에 중요한 순간이 틀림없다.

녀석의 사업마인드 수준이 궁금했다. 자금과 운영계획은 준비됐냐고 물었다. 녀석은 상호로 아버지의 이름을 따서 이자카야 '길(吉)' 로 하겠다는 내용과 투자비용, 투자비 회수기간 등이 적힌 투자

계획서를 만들어왔다. 내 이름을 딴 상호 때문에 마음이 약간 흔들렸다. 투자자를 설득하려고 제 딴에는 머리를 쓴 것이다.

그때까지 나는 일본에서 이자카야(居酒屋), 굳이 우리말로 하면 선술집을 여러 번 가본 적이 있다. 하지만 이때까지 국내에선 이자카야를 가 본 적이 없었다. 녀석 말로는 국내에 이자카야가 들어온 건 벌써 10년이 넘었다고 한다. 우리나라에 들어오면서 일본식 요리주점으로 통하는 중저가의 일본식 술집인 셈이다. 이제 정착기에 들어섰고 당분간 하향 안정세로 갈 수도 있겠지만 투자할 만하다는 것이다. 3년 내에 투자비를 회수할 수 있다고 한다.

진환은 이 사업에서 가장 중요한 주방장을, 정말 믿음직한 '형' 으로 골라놨다고 한다. 이게 자기가 망하는 창업자와 다른 점이란다. 자기는 준비된 창업자라고 우긴다.

그래서 그 '형' 을 만나봤다. 나이는 서른 셋, 젊고 직접 이자카야를 경영한 경험도 있다고 한다. 둘은 매출에 따라 보수를 인상하는 시스템을 도입하기로 약속했다고 한다. 나는 계속 만류한다. 만나는 지인마다 상의를 했다. 10명 중 딱 한 명만 밀어주라고 한다. 또 한 달이 흘렀다.

〈창업 준비〉

10월이 됐다. 진환의 집념은 나를 이겼다. 가족 75%의 압력과 회

유에 굴복했다. 자식 이기는 부모 없다는 얘길 절감하면서 속으로 위로한다.

'그래. 다행이다. 내가 현직에 있을 때 도전해 보자.'

당초 2015년 3월에 오픈 계획이라던 녀석은 10월 초에 마땅한 자리가 났다며 개업을 금년 내로 당기겠다고 한다. 결국은 어차피 위험을 감수하는 도전인 만큼 잘 준비하는 것도 좋지만 즉시 시행하는 것도 좋겠다는 생각이 들었다. 피곤한 줄다리기를 빨리 끝내고 싶기도 했다.

진환은 역삼동 르네상스 호텔 뒤편 먹자골목 안쪽에 가게 자리를 정하고 일사천리로 밀고나갔다. 영업장을 계약하고 개업 준비를 하는 동안 온 가족이 많은 대화를 나누고 마음을 모으는 좋은 기회가 됐다. 행복한 시간들이었다.

진환은 사업가로, 나는 투자자로서 역할 분담을 하고, 조언을 하되 개입하지는 않기로 했다. 대신 자금관리는 나의 결정에 따르기로 했다. 나는 음식점 운영에 관한 책을 사고, 도서관에서 빌리고 닥치는 대로 읽었다. 《여보게 지금 음식장사하려나》, 《왜 나는 사업을 하는가》, 《세금 안 내는 절세비법》, 《장사를 했으면 이익을 내라》, 《최악의 불황에도 팔리는 건 팔린다》. 불과 한 달 동안 읽고 또 읽은 책들이다.

초기 투자비를 정리해 보면 이렇다. 영업장 확보비로 임차보증금

6천만원, 시설권리금 2천만원, 복비 3백만원이 들어갔다. 개점비용으로는 인테리어 2천만원, 주방시설 천오백만원, 매장시설 1천만원, 주류 등 초기 재료비로 5백만원이 들었다. 전단지 비용, 간판, 파워블로거 홍보비가 모두 7백여 만원이었고 운영자금은 4천만원이 남았다.

〈5개월 손실, 그래도 희망〉

1989년생인 진환은 점장 겸 홀 서빙을, 주방실장 '형' 선호, 주방보조 '동생' 인호와 개업 첫 출발했다. 처음 시작하면서 인건비를 줄이려고 진환이 점장 겸 홀 서빙을 맡기로 했다. 10월에는 사전조사를 하고 11월부터 한 달 동안 선호 씨와 진환은 잠 잘 틈도 없이 개업 준비로 바빴다. 특히 인테리어를 직접 지휘하면서 비용을 줄이기 위해 일꾼 노릇까지 몸으로 때웠다.

12월 2일 개업. 영업시간은 저녁 여섯시부터 새벽 네시까지이다. 밤 낮이 바뀌는 생활을 해야 한다. 온 가족의 지인들이 한 달 내내 찾아와 준 '개업빨' 덕분에 첫 달 매출은 1천 9백 20만원, 매출액이 평균 2,500만원은 돼야 손익분기점이다.

1월 매출액 1,640만원, 2월도 1,640만원. 1월과 2월 매출이 손익분기점에 훨씬 미달하니 내 돈이 줄어드는 게 눈에 보이고 몸무게가 빠져 나가는 듯하다. 진환도 같은 심정인 듯, 내 마음을 헤아린 듯 홍보를 겸해서 7천원짜리 돈까스로 점심 장사를 시작하겠다고 한다.

진환은 3월부터 점심 장사를 위해 택배회사에서 일하는 형, 진욱을 주방 보조로 끌어 들였다. 큰 아들도 기꺼이 음식 만드는 법을 배워 음식점을 해 볼 생각인가 보다.

2월 중순부터 배너를 만들어 길가에 게시를 하고 전단지를 배포했다. 여기에는 아내와 진환의 여친이 동원됐다.

3월 매출 1,770만원, 4월 1,950만원. 4월말까지 운영자금 2,500만원이 날아갔다. 매월 평균 5백만원씩 교습비를 낸 셈이다. 헌데 진환이는 4월말 매출액이 1,950만원으로 2천만원을 못채웠다고 아쉬워한다. 이 상태로 나아가면 추가운영비 없이 회전이 가능하고 월 매출 2천 5백만원부터는 이익이 나는 거다. 이제부터 장사 시작인 셈이다.

5월 목표는 매출액 2천 3백만원이다. 6월은 돼야 손익분기점 매출액에 도달할 듯하다. 주식해서 매달 5백만원씩 까먹는 것보단 나으리라. 금요일 저녁 '이자카야 길' 에 들렀다. 힘들지만 열두 달은 버티고, 또 1년은 견디고, 그 다음부터는 돈을 벌게 되길 바라면서 투자자로서 네 식구를 격려한다.

"하이 파이브!"

05

다독(多讀) 다작(多作) 다상량(多商量)

"다독(多讀) 다작(多作) 다상량(多商量)."

중국 송나라 때의 정치가이자 문필가였던 구양수의 삼다(三多)로 천 년 동안에 걸친 글 쓰기의 비결이라고 할 수 있는 유명한 문구이다. 나는 책 읽기와 글 쓰기에 초년병이라고 볼 수 있다. 그럼에도 이 글을 쓰는 것은 글을 읽고 쓰는 충만함과 기쁨을 얘기하려는 것이다. 독서는 즐거움인 동시에 배움이다. 콩나물 시루에 물 빠지듯 남은 게 없는 것 같지만 콩나물을 자라게 하듯이 정신의 자양분이 되고 우리에게 지적 영적으로 성장을 도와준다. 두뇌의 입력과 출력 기능을 효율적으로 재구성해 활용도를 높여준다.

나의 책 읽기는 2011년 불씨가 지펴졌다. 홍보실 사회공헌팀장으로 있을 때다. 상사의 표적 공격에 무기력해져 갈 무렵 스스로의 마음을 치유할 필요를 느꼈다. 그래서 마음 공부에 속하는 몇 권의 책을 보기 시작했다. 2012년 초 회사의 인사방침에 따라 지방사업소로 좌천이 되고 거기서 독서의 불꽃은 활활 타오르기 시작했다.

'국민학교' 때 《암굴왕》, 《모미딕》 등 이야기책을 보려고 자료실을 찾던 시절, 중학교 때 자유교양 운동으로 《신약》, 《남궁억전》 등 파란색 표지로 된 시리즈를 보던 때가 생각난다. 고교시절에는 도서위원이 되어 방과 후 학교 도서관을 지키며 이어령의 《이것이 한국이다 저 흙속에 바람 속에》, 헤르만 헷세의 《데미안》, 《지와 사랑》, 톨스토이의 《전쟁과 평화》 등을 읽던 때가 있었지만 이렇게 재미있게 많은 책을 접한 것은 처음이었다.

내가 부임한 강원지역본부에 경영지원팀에 도서코너가 생겼다. 새로 부임한 최성섭 기획관리실장이 정말 다양하게 좋은 책들 250여 권을 골라 놓았다. 도서 진열장에서 손에 잡히는 대로 읽기 시작했다. 건강, 역사, 철학, 미래 예측, 힐링 등. 그 중에서 나의 삶을 이끌어 준 것은 단연코 독서에 관한 책, 이지성의 《독서천재 홍대리》와 《리딩으로 리드하라》이다. 조정래의 《정글만리》를 정말 재미있게 단숨에 읽었다. 읽는 책이 쌓여가면서 연간 100권을 채울 욕심이 생겼다. 이렇게 읽은 책을 체크해 보니 95권이었다.

2013년 말, 연천으로 근무지를 옮겨 회사에 있는 조정래의 대하소설 시리즈 《한강》, 《태백산맥》, 《아리랑》을 연이어 읽었다. 구한말부터 일제 강점기를 거쳐 대한민국의 오늘까지 민초들의 삶과 의식, 고난의 세월이 마음 속에 물결쳤다. 대하소설을 잡은 김에 박경리의 《토지》에 도전했다. 23권의 대작을 읽으면서 작가의 얘기 솜씨와 해박한 지식에 감동할 수밖에 없었다.

이렇게 책 읽기에 재미를 붙이던 중 2014년 2월에 연천군도서관에서 독서마라톤이 시작됐다. 풀코스는 42,195페이지를 읽어야 하는 것이다. 도서관에서 받은 독서기록장에 읽은 책의 내용을 요약하고 페이지수를 기록해 사서의 검인을 받으면 된다. 비록 완주에는 실패했지만 이 마라톤은 나의 독서 생활에 기폭제가 되었다.

독서를 잘 하는 방법에 대해 공부하게 되었다. 어떻게 하면 좋은 책을 많이 읽을 수 있나 보다 잘 기억에 남길 수 있을까. 이때에 읽은 독서법 관련 책은 2014년에 연천도서관에서 빌린 것만 14권이다. 특히 기억에 남는 책은 나루케 마코토의 《책, 열권을 동시에 읽어라》와 데이비드 미킥스의 《느리게 읽기》이다. 책을 읽으면서 좋은 글귀를 메모하는 습관도 생겼다.

나의 독서는 어느새 글 쓰기 책으로 이어졌다. 그 동안 읽은 글 쓰기 책은 여덟 권째 읽고 있다. 인상적인 책은 이태준의 《문장강화》와 정희모와 이재성이 공저한 《글 쓰기의 전략》이다. 이 두 권의 책은 두고 두고 보려고 한다. 글 쓰기의 바이블이자 실무지침서로 특히 글의 수정, 퇴고에 대해 강조하고 있는 부분이 눈에 띄었다.

요즘 내 삶은 모두 글 쓰기의 소재가 되었다. 신문 칼럼도 읽은 책의 내용도 글감이다. 여행기를 쓰고 서평을 써서 블로그에 올린다.

나아가 책 쓰기 독서로 이어졌다. 책 쓰기에 대한 책은 일곱 권째 보고 있다. 지금 보고 있는 책은 송숙희의 《당신의 책을 가져라》이다. 2007년에 나온 책인데도 공감이 가고 도움이 되는 내용이 참 많다. 지금도 책 읽기와 글 쓰기, 그리고 책 쓰기에 대한 책이 내 주변에 머물고 있다. 생각도 못했던 글 쓰기와 가까워지고 책 쓰기에 도전하게 된 것은 참으로 축복받은 일이라고 생각한다. 지금 내가 쓰는 이 글은 2015년 12월 5일 출간되어 세상에 나갈 것이다.

나는 양병무의 《일생에 한 권 책을 써라》를 읽고 나서 이 책에서 권한 대로, 첫째, 책 제목을 정했다.

둘째, 차례가 될 세부 목차 50개를 정했다.

마지막으로, 출판기념회 날짜를 2015년 12월 5일로 정했다.

2015년은 내 인생에 최고의 해가 될 것이다. 오늘도 나의 책 제목이 될 "행복고수가 사는 세상"과 같은 문패를 가진 나의 블로그에 글을 올리면서 구양수의 '다독 다작 다상량'의 의미를 되새긴다.

읽고 쓰면 생각이 많아진다. 글을 쓰는 것은 몰입을 가져와 힐링이 된다.

'책을 내는 것은 위대한 도전이며 용기이다.'

06

행복고수가 웃음가득에게

내 아내의 별명은 '웃음가득' 이다. 지난 2007년 회사에서 '펀경영' 의 일환으로 '웃음치료전문가과정' 2박3일과정의 참가자를 모집했었다. 그때 나는 평창지점장으로 있었고, 웃음과 행복에 대해 관심이 있었던 나는 용기 있게 참가 신청을 했다. 거기서 지은 나의 닉네임은 '행복가득' 이었다.

그 후 웃음스쿨의 후속 모임에 부부가 동참하여 아내의 닉네임을 '웃음가득' 으로 지었다. 결혼 후 어머니를 모시느라 애써온 아내가 늘 환하게 웃고 살기를 바라면서 내가 지어준 것이다. 나의 지금 닉네임 '행복고수' 는 그 후 약 4년간의 숙성기간을 거쳐 진화한 것이다. 이렇게 해서 시건방지게도 나는 자칭 '행복고수' 가 되었다.

내가 행복고수를 자칭하는 근거를 웃음스쿨에서 비롯된 나의 행복슬로건이자 행동지침으로 설명하고자 한다.

첫 번째 슬로건이다.

나는 매일 아침 "하하하, 오늘은 내 생애 최고의 날이다. 하하하" 하고 웃고 외치며 출근한다. 하루 하루는 다시는 반복할 수 없는 소중한 날들이다. 그래서 나부터 행복해지겠다는 선언이다. 나와 만나는 다른 사람까지 행복하게 하겠다는 다짐이다.

또 나는 주장한다. 두 번째 슬로건이다.

"이 세상 그 무엇도 내 허락 없이는 나의 행복을 가져갈 수 없다." 이건 나의 카톡 슬로건이기도 하다. 행복은 마음에 있는 것이며, 나의 마음에 달려 있기 때문에 누가 뭐래도 어떤 상태에서도 나는 행복할 자신이 있다. 이건 차동엽 신부님의 '행복선언' 에서 가져왔다.

또 나는 외친다. 마지막 슬로건이다.

"나는 내가 좋다. 나는 내가 참 좋다. 나는 아무 조건없이 내가 차암 좋다." 이건 행복구호이기도 한데 웃음스쿨에서 배운 것이다. 자신의 결점까지도 무조건 사랑하는 데서 행복이 온다.

이렇게 매일 외치면서 아침을 시작하고 일과를 마치면 누구나 행복고수가 될 수 있다. 이렇게 마음을 다지면서 하루하루를 보내면서 마음이 편해지고 매사를 긍정적이고 고마운 마음으로 바라볼 수 있게 되었다. 이것이 내가 자칭 '행복고수' 라고 명명하게 된 배경이며 과정이다.

내가 '행복고수'로 변신하기까지는 '웃음가득'의 이해와 격려가 있었기에 가능했다는 자랑을 지금부터 시작하려 한다.

'웃음가득', 그녀는 1985년 나와 결혼하면서부터 올해로 아흔 두 살이 되신 어머니를 모셔왔다. 어머니는 지난 2000년 무렵부터 아내가 밥을 주지 않는다고 욕을 하고, 아들이 준 용돈을 며느리와 손자들이 훔쳐갔다고 하면서 본격적인 치매 증상을 보이기 시작했다.

나는 그때 사랑과 효도 사이에서 많이 갈등했지만 나보다 마음 고생이 심했을 '웃음가득'을 헤아려 주지 못했다. 심지어는 아들 노릇, 남편 역할 '힘들어서 못해 먹겠다. 머리 깎고 절로 들어가겠다'고 두 사람 앞에서 엄포와 고함을 치기도 했다. 지금도 정말 부끄럽고 미안해 하는 것 중의 하나이다.

'웃음가득'은 나와 합작으로 아들 둘을 낳았고, 아이들은 각각 1985년, 1989년생이다. 집안일을 전혀 돌보지 않는 나를 만나 아들 둘을 착하고 성실한 사회인으로 길러냈다.

나는 시어머니와 어린 아이들과 씨름하는 아내를 두고 주말이면 회사 산악회의 총무랍시고 사전답사며, 정기산행으로 자주 집을 비웠다. 회사동료나 친구들과 한 잔 하면 먼저 카드를 긁어야 맘이 편한 소심하고 바보스런 나 때문에 어려운 가계를 꾸려가느라 카드를 돌려쓰며 적자 살림을 꾸려왔다.

"여보 고생 많았어요."

'웃음가득' 은 한 때 동대문상가 누존쇼핑몰에서 5년 동안 가방장사를 했었다. 외환위기로 사업을 접을 때 펑펑 울던 그녀가 생각난다. 밤낮을 바꿔 장사하면서 '세 아들' 뒷바라지 하느라 고생했는데 남은 게 하나도 없다는 거다. 나는 가슴이 찡해지고 눈물이 나려는 걸 참고 "당신이 고생한 덕분에 축구하는 놈과 기타 치는 놈, 두 녀석의 뒷바라지 잘 했지 않느냐" 고 달랠 수밖에 없었다.

"여보 정말 고마워요."

지난 2010년부터 우리 집의 가정경제는 대대적인(?) 구조조정을 단행했다. 구조조정본부장은 '행복고수' 가 맡았다. 왜냐하면 그녀가 우리 가정의 기획재정부 장관직을 사임했기 때문이다. 사임의 이유는 더 이상 적자재정을 꾸려갈 수 없다는 것이다. 나는 기획재정부 장관직을 겸하게 됐다. 재무설계사를 찾아가 상담을 하고 월 불입금 70만원에 열 개가 넘는 보험을 해약하고 두 개로 줄였다. 그리고 가용자금을 개인연금과 펀드로 전환했다.

그 후 지출을 최대한 줄이고 좌고우면의 4년이 지난 지금 적자 가계부는 흑자로 돌아섰다. 조금씩 목돈도 쌓여가고 있다. 이 과정에서 아내는 살림꾼 '행복가득' 의 '잔소리' 와 '혁신' 의 고통을 잘 참

아줬고 나도 모든 씀씀이를 최대한 줄였다. 지금 그녀와 나는 용돈이 '똑같이' 월 20만원이다. 그 덕에 나는 가정경제와 재무설계, 노후대비에 대해서 자칭 '준고수' 가 되었다.

" '웃음가득.' 당신 덕분이야."

2011년 춘천으로 발령나고 2013년에는 연천으로 옮기면서 그녀와 나는 새로운 인생이 시작됐다. 매주 주말여행과 '별장' 데이트 프로그램을 만든 것이다. 매주 주말에 춘천에서 만나서 맛있는 식사를 같이 하고 회사에서 제공해 준 '별장' 에서 주말 허니문을 보내기로 했다. 그리곤 다음날 인근 산을 함께 타고 함께 귀경하자는 나의 제의에 공감하고 동참해 준 그녀가 정말 고마울 따름이다.

'춘천닭갈비' , 막국수, 붕어찜 등 맛난 지역음식과 삼악산, 용화산, 두름산, 삿갓봉, 오봉산, 봉의산, 구봉산, 향로산 등 함께한 음식점은 수십 개를 헤아리고 함께 걸은 산은 10여 개를 헤아린다.

지금 나의 일터인 내 고향 연천에선 매운탕, 가물치구이, 우렁쌈밥 등 맛난 음식과 함께 아름다운 계곡에서 천렵과 소풍을 즐기고 있다. 게다가 또 다른 즐거움은 전철을 타고 이동하는 동안 책을 읽고 얘기도 나누는 기쁨이다. 참 이대로 멈추었으면 하는 고맙고도 행복한 시간이다.

어느 새 부부가 모두 오십 중반을 넘어섰다. 오늘도 나는 마음 속으로 다짐한다. 같이 살아온 세월에 따라 잔주름이 늘어가는 얼굴을 바라보면서 '그녀만을 사랑해야지.' 내가 선택한 '웃음가득' 의 늙어가는 모습도 사랑해야지.' 결심을 다지기 위해 나는 사무실에 꽃병 하나와 수반 하나를 준비했다.

매주 새 꽃을 꽃병에 꽂고 시든 꽃은 수반에 띄운다. 잔주름이 늘어가는 그녀를 사랑하겠다는 각오로 시든 꽃을 따서 수반에 띄운다. 시들어 가던 꽃과 꽃잎은 수반에서 약 열흘간 아름다움을 뽐낸다.

어느덧 함께 겪어온 세월이 지난 2월 3일로 30년이 됐다.

'이제 수줍어하고 귀엽던 모습 대신 점점 목소리가 커져가는 무서운 '아줌마' 가 됐다. 그래도 '웃음가득' 이 곁에 있어 행복하다. 결혼 30주년을 기념해 '행복고수' 와 '웃음가득' 은 연천 '별장' 에서 장미꽃 서른 송이와 함께 기념콘서트를 열었다. 나는 기타를 연주하고 그녀는 노래하고. 단 둘이서.

"♬내 생애 최고의 선물 당신과 만남이었어."

"♪♪ 네가 있는 세상 더는 소원 없어. 바램은 죄가 될 테니까."

제 5 장

내 고향 연천 이야기

01

나의 국방성지 재인폭포

경기도 연천군 연천읍 고문리에 있는 재인폭포. 나에게는 신성한 국방의 의무를 기념하는 '성지'이다. 왜냐하면 1981년 7월, 내가 군대에 입대하기 한 달 전쯤에 어머니와 누이, 동생, 온 가족 네 식구가 입영기념 가족 소풍을 갔던 곳이기 때문이다.

한전 지사장으로 고향 연천에 부임한 후 나를 찾아오는 모든 친구들, 회사 선후배들과 꼭 들러보는 곳이다.

약 50만 년 전, 지금은 갈 수 없는 땅, 평강의 오리산에서 분출된 마그마가 흘러내려 오랜 세월에 걸쳐 한탄강을 이루었고, 그 옆의 협곡에 생긴 재인폭포는 내륙에서는 보기 드문 길이 18.5미터의 쭉쭉빵빵 '미인' 폭포다.

재인폭포는 한 재인(才人)과 그의 미인 아내, 그리고 그녀의 아름다움을 탐한 고을 원님에 얽힌 슬픈 사연이 전해 오는 곳이다. 그 애절한 사연이 국민 TV프로그램 '전설의 고향'에서도 소개된 적이 있다. 화산의 영향으로 생긴 주상절리(柱狀節理)의 절벽에서 쏟아져 내리는 폭포는 금방이라도 용이 솟구쳐 오를 것 같은 신비감을 준다. 콘서트홀의 음향 반사판처럼 둘러쳐진 바위벽에 반사되어 나오는 물소리는 방문객의 귀를 장악하고 세상사를 잊게 한다. 그래서 사계절 관광객이 끊이질 않는다.

2014년 2월 14일 「조선일보」 주간매거진 박종인의 '사람과 길'에 '연천기경'으로 역고드름 터널과 함께 소개된 것을 본 적이 있다. 기자는 겨울 끝 무렵의 재인폭포를 "지표 아래에 있는 폭포도 신기하거니와 비현실적인 풍광은 더 신기하다. 얼어붙은 물줄기 양편으로 날카롭게 각진 바위들이 자기들 세상을 이뤘다. 주상절리다. 공기 중으로 나온 마그마가 급하게 식어 줄어들면서 사각, 육각형 기둥처럼 굳은 지형이다"라고 표현했다.

가족이 나의 군입대를 앞두고 재인폭포에 원족을 온 얘기로 돌아가 보자. 연천읍내에 있는 우리 집에서 재인폭포까지는 15㎞ 정도 된다. 손수레에 솥이며 음식 재료, 수박 한 덩어리를 싣고 한여름의 비포장 길을 한참이나 걸었다.

폭포소리가 들리는 계곡에서 물에 발은 담근 채 맏아들의 군 입대를 축하하고 무언의 마음을 나누시던 어머니. 아버지가 세 살 때 돌아가신 후 우리 집안의 아버지가 되신 어머니. 일말의 불안도 있었을 것이다. 그러나 어머니는 끝내 불편한 내색을 하지 않으셨다. 군대로 들어가는 날도 그냥 학교 가는 아이 보내듯이 떠나 보내셨다. 하지만 우리 집의 어머니 노릇을 했던, 나보다 아홉 살 많은 누나의 표정에는 수심이 가득했던 기억이 난다. 머지않아 뒤따라 군복무를 해야 할 한 살 차이 동생도 마음은 가볍지 않았을 것이다.

요즈음은 날씨가 가물어 재인폭포에 물이 적어 거의 없을 때도 있다. 내 마음은 왠지 안타깝다. 비가 온 다음 날이면 나는 짬을 내어 재인폭포에 들른다. 마음을 시원하게 닦아주는 물소리가 그리워서다. 이젠 15년이 넘은 알츠하이머 치매로 거의 자식들을 구분하시지 못하지만 아버지 같은 '어머니 마음' 에 대한 추억이 담겨 있어서다.

지금 재인폭포 아래 쪽에 한탄강댐이 건설되고 있다. 홍수조절용 댐이다. 금년 말이면 준공될 예정이라 댐체는 모두 완성되었고 수문 등 기계장치와 주변 공원화 사업이 진행되고 있다. 한국수자원공사에서 대규모 오토캠핑장을 비롯해 파크골프장을 비롯한 체육시설과 야외공연장을 지어 연천군에 넘겨주게 된다고 한다.

물전시관도 짓는다. 재인폭포와 새로 지은 한탄강댐, 주변 관광공원이 상승효과를 가져와 보다 많은 사람들이 자연재해를 이기려는 우리의 노력과 함께 대자연의 진경을 함께 음미할 수 있었으면 좋겠다.

지난 해와 올해에는 비가 많지 않아 재인폭포의 멋진 풍광을 자주 즐기지 못했다. 마침 연천군에서 수량 증대를 위해 좋은 방안을 마련하고 있다고 하니 앞으로는 갈수기에도 우리들의 마음을 씻어 주리라는 염원을 실은 응원을 보낸다.

더불어 '한탄 · 임진강 국가지질공원' 인증이 잘 마무리되어 보다 많은 사람들이 연천을 찾아와 50만년 전부터 자연이 만들어낸 기경, '지질명소' 들을 찾아보고 즐길 수 있었으면 한다.

현실에 맞지 않는 '수도권정비법' 과 '군사시설보호법' 의 굴레에서 벗어나 위대한 도약의 길을 달렸으면 좋겠다. 진행중인 3번국도 대체 우회도로 공사와 경원선 복선전철 연장이 하루 빨리 마무리되어 서울에서 한 시간 내에 연천을 방문할 수 있게 되어야 한다.

'접경지역지원특별법' 의 실행력도 가속화되어 오랜 고통의 세월을 딛고 일어나 '통일 한국의 심장 미러클 연천' '으뜸 연천 명품 연천' 이 현실화되길 기대해 본다.

02

가뭄, 전기 그리고 농심

여름철이 되면 많은 국민들이 전기사정을 궁금해 한다. 한 때 피치 못할 사정으로 전기가 부족할까 봐 정부차원에서 절전 캠페인을 벌인 적이 있었기 때문이다.

또 관련법 규정에 의해 행정기관에서 실내 온도 제한을 하고 개문 냉방 등 에너지 과소비 사례를 단속하기도 했었다.

전국의 한전 지사에서는 봄철마다 '물 난리' 를 겪는다. 두 해째 이어지는 가뭄을 이겨내기 위해 애타는 농심에 못지않게 한국전력 공사에서도 무진 애를 쓰고 있다.

그것은 수도 없이 밀려오는 농사용 관정 신설 고객과 가뭄 대책용 대형관정에 전기를 적시에 공급해 주는 일이 만만치 않기 때문이다.

전국에서 동시에 일이 몰려 변압기, 전주, 전선 등 주요 자재가 딸려 적기에 전기를 공급하는 데 어려움을 겪게 된다.

작년에는 군청 농림축산과와 모내기에 농업용수 공급과 관련해 최대한 빨리 전기를 공급하기 위해 대책을 논의하고 협력한 끝에 큰 탈 없이 연천군의 풍작에 기여했다고 생각한다.

올봄도 마찬가지였다.

3월부터 6월 초까지 120여 건의 농사용 전기를 공급하기 위해 연천지사 직원들과 협력업체 종사자들은 농민들과 읍 · 면장, 이장들과 한마음으로 뛰었다.

당연히 나도 모내기철 막바지에는 수시로 걸려오는 읍, 면장님들의 전화에 현장으로 달려가 봐야 했다.

우리들의 문제는 주로 현장에 답이 있기 때문이다. 지금도 최광우 백학면장과 노곡 2리 이장의 환한 웃음이 눈에 선하다.

올해도 군청과 농어촌공사에서 미리 저수지에 물을 비축하고 한해 대책을 잘 수립하여 가뭄에 잘 대처한 것으로 안다. 당연히 그래야 하겠지만 올 여름에는 전기 걱정은 안 하셔도 된다.

하지만 전기는 인류 역사상 가장 위대한 발명품으로 원가가 결코 싸지 않은 무형재화이다.

게다가 세계 최고수준의 우리 기술로 만들지만 원료는 대부분 수입이다.

슬기롭고 효율을 중시하는 경제적인 전기 사용이 절실하다.

아직도 비는 조금 더 와 줬으면 좋겠다.

오늘도 세상을 가장 포근하고 넉넉하게 하는 건, 밭에 씨 뿌리고 논에 모내고 가꾸는 농사 짓는 마음이라는 것을 느끼며 일터로 향한다.

※이 글은 「경기도민일보」에 기고해 2015년 7월 27일자로 게재된 글이다.

03

문화 선진국으로 가는 길

백범 김구 선생은 일찍이 '문화강국론'을 펼쳤다.

"우리나라가 세계에서 가장 아름다운 나라가 되기를 원한다. …(중략)… 오직 한없이 가지고 싶은 것은 높은 문화의 힘이다. 문화의 힘은 우리 자신을 행복하게 하고, 나아가서 남에게도 행복을 주기 때문이다. 나는 우리나라가 남의 것을 모방하는 나라가 되지 말고 높고 새로운 문화의 근원이 되고, 목표가 되고 모범이 되길 원한다. 그래서 진정한 세계 평화가 우리나라에서, 우리나라로 말미암아 세계에 실현되기를 원한다."

오늘 저녁 의정부 예술의 전당에서 2000년 밀레니엄 기네스북에 최다 연주 지휘자로 올랐던 하성호 지휘자의 서울팝스오케스트라

공연이 있다. 한국전력과 함께하는 '희망 사랑 나눔 콘서트'이다. 전국의 한전지역본부나 지사에서 초청을 하여 개최하는 이 음악회는 가는 곳마다 환영을 받고 주민들의 호응을 얻고 있다. 특히 문화예술 소외지역이라 할 수 있는 곳, 재난 재해로 어려움을 겪는 곳을 자주 방문한다.

한국전력은 기업의 문화예술 지원활동에 적극적으로 나서 1993년부터 클래식의 대중화를 위해 문화예술 공연단체 지원, 한전음악콩쿠르 등으로 주민들에게는 기쁨과 행복, 위안이 되고, 어려운 여건의 신인 음악도들에게는 희망이며, 한전 종사자들에게는 자긍심이 되고 있다.

나는 지난 해 10월 경기도 연천군의 수레울아트홀에 '희망 사랑 나눔 콘서트'를 초청해 주민과 함께하는 시간을 가졌다. 군장병과 주민을 대상으로 한 이 공연은 만원을 이루어 늦게 오신 분들은 되돌아가야 할 만큼 성황을 이뤘다. 얼마 뒤 우연히 사석에서 만난 전곡읍의 어느 철물점 주인이 내가 한전 지사장인 것을 알고 다가와 "이처럼 훌륭한 공연을 유치해 주는 걸 감안하면 전기요금이 결코 비싼 것이 아니다. 문화 혜택을 제공해 줘서 고맙다. 다음에도 이런 기회를 만들어 달라. 온 가족이 정말 행복했다"며 정말 마음을 담아서 얘기하는 것을 정말 고맙게 들었고 잊지 못할 기억이 됐다.

나는 지난 2009년 초부터 2012년 초까지 본사에서 문화예술 지원

업무를 담당했었다. 그 때부터 의정부에 있는 경기북부지역본부가 공연 유치에 가장 적극적이었다. 오케스트라와 함께 의정부 예술의 전당을 두 차례 온 기억이 있다.

작년에만 해도 경기북부지역본부 관내의 고양시 아람누리아트홀에서 9월, 연천군 수레아트홀에서 10월에 하는 등 두 차례의 공연을 가졌다. 공연을 유치하면 전 직원이 참여해 차질없는 준비를 해야 하므로 쉬운 일은 아니다. 올해도 의정부를 찾아왔으니 어려운 곳이 많은 한수 이북 주민을 위한 한전의 노력이 결코 예사로운 일은 아니라고 생각한다. 기업의 입장에서 볼 때 문화예술 저변 확대를 위한 노력은 기업 이익의 사회적 환원이나 사회공헌이라는 대의명분을 떠나서 기업에도 이익이 된다. 나아가 문화 국력 강화와 국민 행복 증진에 기여하는 일이다. 아직도 오케스트라단, 극단 등 어려운 여건 속에서 분투하는 문화 창조자들이 많다.

이들은 문화강국의 전사들이다. 뜻있는 기업들이 이들에 대한 지원을 늘려 가면서 문화예술 향유 인구를 늘려가야 한다. 이것이 기업에는 장기 안목의 투자임이 틀림없을 것이다. 백범 선생의 뜻처럼 문화예술을 통해 온 국민이 행복을 공감하고 세계의 평화를 주도하는 대한민국을 기대해 본다.

※이 글은 「아주경제신문」에 기고해 2015년 9월 1일자로 게재된 글이다.

04

태풍전망대와 임진강습지원

우리나라의 휴전선에는 8개의 전망대가 있다. 이중에서 북한 측과 가장 가까운 곳은 태풍전망대이다. 경기도 연천군 중면 횡산리에 있는 태풍전망대는 태풍부대, 즉 육군 제28보병사단에서 관할하기 때문에 태풍전망대로 명명되었다.

연천이 고향인 나는 지난 1991년도 태풍전망대가 설치된 이래 가끔 이곳에 들러 북한과 대치하고 있는 우리나라의 현실을 실감하곤 한다. 태풍전망대는 비끼산 최고봉인 수리봉에 위치해 군사분계선과 불과 800미터의 거리이며 북한군 초소까지는 1,600m 밖에 되지 않는다.

태풍전망대는 연천읍에서 직선거리로 약 10㎞, 도로로는 약 25㎞

로 약 30분이 걸린다. 연천군청 삼거리에서 출발해 중면사무소 앞을 지나 민간인통제선 초소에서 신분증을 맡기고 나면 굽이치는 임진강을 왼쪽으로 끼고 꼬불꼬불 산길을 10여 분 더 가야 한다. 가는 길에 우리나라에서 몇 곳 안 되는 두루미 관찰대가 있고 임진강습지원이 있어서 반나절 관광거리로 충분하다. 최근에 생긴 DMZ관광열차를 타고 신탄리역에서 내리면 시티투어버스를 이용해 이곳을 방문할 수도 있다.

태풍전망대에 도착하면 태풍부대 용사의 친절한 안내를 받을 수 있다. 민족분단의 애환을 담고 있는 임진강이 바로 눈앞에 S자 모양으로 보이는데 이곳이 군사분계선이다. 병사의 설명에 따르면 6.25 전쟁 막바지에 눈앞에 보이는 베티고지와 노리고지에서 치열한 전투가 있었다고 한다.

두 곳의 전투가 모두 휴전을 앞둔 상황에서 치열하게 벌어져 아군의 승리를 기념하는 곳이 되었으나 지금은 휴전선이 된 임진강의 북쪽에 있다. 안타까운 일이다.

전망대 동쪽 방향에 봉우리에는 팔각정 형태의 법당과 성모 마리아상이 있다. 그 사이에 북을 향해 망배단이 마련되어 있다. 망배단 앞에 시비가 있다. 갈라진 땅 아픈 마음을 더욱 숙연하게 한다.

그날 꽃다운 청춘 던져

이 고지 지키고자 한 줌 흙으로
산화하신 순국 영령들이여
고이 잠드소서

당신들의 고귀한 넋 바친 보람없이
이 땅의 허리는 끝내 잘려
길 있으되 더 갈 수 없고
발 돋으되 더 볼 수 없으니
망향의 단장만 강물처럼 흐른다.

하나 가리라 이젠 가리라
이 물 따라 저 산 따라
자유의 함성 안고
하나 보리라 이제 보리라
이 골에서 저 물에서
자유의 불꽃 지피는 것을

태풍 휘몰아치듯 북으로 북으로
산화하신 넋과 함께 우리의 염원 안고
통일된 조국을 향해

우리는 가리라 이젠 가리라

이 일대는 지난 8월 북한의 서부전선 포격도발로 포탄이 떨어져 일촉 즉발의 상황이 벌어졌던 곳이다. 우리 군은 눈앞에 보이는 북측 개활지에 스물 아홉발의 대응포격을 했었다. 그 때에 주민대피령이 있었고 우리 직원들과 함께 주민대피소를 방문해 전기설비를 점검하고 대피 주민들에게 라면, 휴대용렌지, 부탄개스 등을 지원했었다.

사장의 불시 방문이 있어서 지형 및 주민동정, 지사 조치상황 및 비상근무 현황 등을 브리핑했다. 갑작스런 방문에 경황없이 보고서를 만들고 방문 순로를 점검하던 기억이 난다. 전 국민의 관심이 집중되었던 그 때 많은 친구와 지인들이 안부의 전화를 해 주었다. 참 고마운 일이다.

지난 2013년 3월에는 지인들과 태풍전망대를 안내하면서 임진강 습지원 앞을 지날 때, 바로 눈앞에서 날아가는 두루미의 매혹적인 자태를 목격했다. 지금도 눈에 선하다. 매년 초에 받아보는 연하장의 그 모습으로 비상하는 그 우아함은 보지 않은 사람은 상상하기 어려울 것이다. 당시 두루미 관찰을 위해 안내해 준 동네형님인 이석우 선배에게 감사드린다.

두루미는 울음소리가 '뚜루루루 뚜루루루' 해서 두루미로 불리는

데 한자로 두루미 학(鶴)자를 쓰고 단정학(丹頂鶴)이라고도 한다. 두루미는 멸종위기 동물로 지정, 보호받고 있는데 우리나라에서 10월부터 다음해 3월까지 관찰할 수 있는 겨울 철새이다. 모두 2천여 마리가 우리나라를 방문하는데 최근에는 이곳 경기도 연천, 강원도에는 철원, 인천광역시의 강화 등에서 주로 관찰된다. 한국에서의 겨울먹이는 주로 추수하다가 남은 쌀인 낙곡, 개천의 패류와 갑각류, 미꾸라지 등을 먹는 잡식성이다. 몸 길이는 90㎝에서 1.5m에 이르는데 다 자라면 날개를 편 길이가 2m가 넘는다.

두루미는 일부일처제의 번식체제를 가지고 있으며, 두 개의 알을 낳아 주로 네 마리가 함께 활동한다. 그래서 예로부터 행복과 장수의 상징으로 많은 장식물에 사용된다. 두루미와 관련해 재미있는 것은 아름다운 모습과 상징성 때문에 병풍이나 연하장에서 소나무 위에 앉아 있는 모습을 많이 보게 되는데 이는 잘못된 그림이다. 두루미는 뒷발가락이 짧고 위쪽에 붙어있어 나뭇가지에는 앉을 수 없다. 왜가리나 백로대신 두루미를 잘못 그려 넣은 것이다. 이것도 두루미가 워낙 예쁘고 단란한 가족생활을 하는 때문이리라.

나는 겨울철 두루미 탐조 외에도 임진강습지원을 사랑한다. 지인들을 안내할 때 태풍전망대를 들러 반드시 다녀가는 곳이 이곳이다. 민간인 통제선 안에 마련된 이 습지원은 사계절 아름다운 모습으로 나를 유혹한다.

수련, 부들 등 다양한 습지식물과 이름 모를 야생화, 관상식물은 물론 심지는 어릴 적에 배고픔을 달래주던 추억의 천연 간식 목화도 있다. 때로는 흰색과 연분홍의 꽃으로, 탐스런 솜열매로 나를 반긴다. 이루 다 열거할 수 없지만 마음을 포근하게 해 주는 산책로를 한 바퀴 도는 것은 내겐 천국에 다름이 아니다.

벌써 11월이다. 올 겨울에는 다시 한 번 두루미 관찰을 나가 볼 계획이다. 태풍전망대 길은 아름다운 임진강 모습과 함께 다른 곳에서 보기 힘든 민족 분단의 비극을 담은 곳이지만 내겐 사랑스런 곳, 자랑스런 곳이다.

지인들이여, 친구들이여! 연천에 있는 나를 찾으라. 태풍전망대로 달려가자. 발아래 굽이쳐 흐르는 휴전선, 임진강을 보라. 겨울에는 임진강 빙애여울에서 아름다운 단정학을 감상하자. 작지만 사계절 아름다움을 자랑하는 임진강습지원을 산책해 보자. 거기서 민족의 애환을 담고 굽이쳐 흐르는 임진강을 바라보며 통일의 그날을 꿈꾸자. 군사분계선과 비무장지대와 태풍전망대가 없어지는 그날을….

05

차탄천 용암협곡 탐방기

차탄천은 강원도 철원읍의 금학산(941m)과 연천군 신서면의 고대산(832m) 사이에 있는 강원도 철원 독서당리 계곡에서 시작된다. 연천군 신서면과 연천읍을 경유해 전곡읍 남계리에서 한탄강에 합류한다. 길이는 약 36.8km이다.

내가 차탄천 용암협곡을 알게 된 것은 중고등학교 동창인 이윤승 덕분이다. 친구는 연천군의 '맑은연천21실천협의회' 의 사무국장을 지냈다.

식사를 같이 하다가 연천군의 산에 대한 얘기를 나누었고 몇 종의 자료를 받았는데 그 중에 새로 개발된 차탄천 용암협곡과 주상절리(柱狀節理)에 대한 팜플렛이 있었다. 어려서부터 차탄천에서 발가벗고

목욕하며 천렵을 즐기던 내가 처음 듣는 용암협곡이며 주상절리 얘기에 특유의 호기심이 발동했다.

8월 20일. 더위를 피해 새벽에 용암협곡 차탄천 트레킹에 나섰다. 어둠이 채 가시지 않은 다섯 시 반. 회사 산악회 총무 이찬일 대리와 차탄교 건너 공터에서 출발했다.

진입로는 차량이 다닌 듯 넓게 길이나 있다. 트레킹로는 차탄천의 하류를 향해 왼쪽에서 시작되고 오른편으로는 가뭄으로 물이 많지 않은 여울이 흘러간다. 길에 풀이 길게 자란 것을 보면 사람들이 많이 다니지 않은 듯하다. 이곳부터는 벌써 다른 곳에 없는 현무암이 개천 바닥에 보인다. 화산활동의 흔적이다.

길 옆에 왼편으로 높지 않은 직벽과 풀숲 속의 작은 샘을 지나고 나니 오른편에 넓은 웅덩이가 있는 직벽을 만난다. 왕림리 가마소이다. 용암 절벽의 주상절리와 함께 소가 어울려 보기 드문 풍경을 만들어낸다. 조금 지나니 풀이 크게 자라서 길을 덮었다.

등산용 스틱으로 풀을 헤치면서 전진, 또 전진. 결국은 내 키를 훌쩍 넘는 돼지풀 숲과 차탄천으로 흘러가는 작은 계곡을 건너지 못해 우회. 사람이 살지 않는 집을 통과해 또 나아가 보지만 길이 보이지 않는다. 출발 후 한 시간 반이 지났는데 무성히 자란 잡풀과 넝쿨로 앞으로 나아갈 수가 없다. 철수하기로 했다.

빗물이 만든 도랑길을 따라 왼쪽 풀숲을 헤치고 올라가니 통현리와 은대리를 잇는 은대평원, 옛 이름 가사평의 푸르른 논이 나타난다. 멀리 철길도 보이고 철길 너머 평화로에 지나가는 차량들이 보인다. 철길을 건너니 통현리 군부대 훈련장, 포진지 마당이다. 바지는 온통 흙투성이, 머리띠는 땀에 흠뻑 젖었다. 마치 밀림이나 헤치고 나온 듯 등산용 스틱 하나는 맨 아래 부분이 부러져 나갔다.

11월 1일. 아침 저녁으로 쌀쌀한 날씨다. 차탄천 용암협곡 2차 도전에 나섰다.

동행은 역시 이찬일 대리다. 지난 번에 관리가 안 된 트레킹로 때문에 완주에 실패한 후에 군청에 전화를 했었다. 홍보물까지 만든 관광명소가 이렇게 관리돼서야 되겠느냐며 정비를 부탁했다. 다음에 다시 도전할 테니까 잘 부탁한다고 했었다. 만사 불여튼튼이라고 출발 전 날 군청에 확인하니 탐방로 정비는 다 했고 표지판은 곧 설치할 예정이라고 한다.

오후 세시 30분. 어둡기 전에 트레킹을 마치려면 서둘러야 한다. 다섯 시 반이면 어두워질 것이다. 진입로에는 갈빛 머리 갈대 꽃과 반짝이는 은빛의 물억새 꽃이 어우러져 만추의 풍경을 한 폭의 수채화로 그려내고 있다.

지난 번 답사했던 곳까지는 일사천리로 달리듯 나갔다. 첫 번째 석벽과 작은 소가 있는 곳을 지나고 지난 8월 통한의 철수 현장에 도착하니 우측으로 곱은 굴삭기로 만든 길이 나있다.

조금 더 가니 통현리 가마소 즉, 용소다. 상상치 못한 비경이다. 30여 미터의 직벽이 휘어진 도화지를 세워 놓은 듯이 우뚝 솟아 영화의 한 장면을 연상시키고 그 아래에 물살이 휘감아 돈다. 이렇게 좋은 곳을 모르고 있었다니. '초등학교' 시절에는 이렇게 멋진 곳을 두고 왜 고포리 쪽의 한탄강과 임진강으로만 소풍을 갔었나 하는 생각이 든다. 당시엔 접근로가 없었을 것이다. 이 곳이 수심이 깊은 탓도 있으리라.

얼마나 운치가 있는가. 내가 생각지 못했던 자연의 모습, 가까이서 본 적이 없는 멋진 경관으로 발길을 떼기가 어렵다. 이런 곳에서는 막걸리 한잔 생각이 간절해진다. 하지만 서둘러야 한다.

조금 가니 첫 번째 징검다리이다. 점입가경이다. 감탄연발이다. 낚시를 좋아하는 이 대리도 차탄천에서 가끔 낚시를 했지만 전체를 걸어 본 적이 없어서 이렇게 절경일 줄은 몰랐다고 한다. 한 가지 아쉬움은 오랜 가뭄 탓에 절벽에 매달린 돌단풍의 빛깔이 그다지 곱지 못하다는 것.

약 18만 년 전에 지금은 북녘 땅, 평강의 오리산에서 분출한 마그마가 철원을 거쳐 은대평야를 덮고, 산에 막혀 더 이상 나아가지 못하고 이곳에서 차탄천과 만나 이처럼 장엄한 협곡을 만든 것이다.

우리나라에선 현무암의 화산지형은 제주도와 철원, 포천, 연천에 이르는 한탄강 일대뿐이라고 한다. 그 중에서 수직절벽의 용암 협곡을 걸을 수 있는 곳은 이곳 연천의 차탄천뿐이고 현재까지 개발된 곳은 은대리 판상절리(板狀節理)가 있는 왕림교 아래쪽까지 9.5km구간이다. 한탄강 구간은 수량이 많고 접근로가 없어 한겨울에 강물이 완전히 얼은 뒤에야 걸어서 탐사할 수 있다고 한다.

땅위로 분출된 용암이 찬 공기나 물과 만나 급냉각되면서 굳으며 틈이 생겨 기둥 또는 평판 모양의 결정체를 이룬 것이 주상절리와 판상절리로 만들어진 차탄천 직벽이다. 수십 미터 높이의 뜨거운 불기둥, 수증기와 연기가 가득했을 차탄천의 먼 옛날을 상상해 보면 내가 걷고 있는 이 여정에 짜릿함이 더해 온다.

바닥에도 군데군데 6각형모양 주상절리의 단면이 마치 다이아몬드처럼 박혀 있다. 절벽의 지층이 3층으로 된 곳은 화산 분출이 세 번이나 있었다는 것을 의미한다고 한다.

계속된 가뭄과 갈수기 탓에 평소에는 물속에 있을 아랫부분의 지층까지도 확인이 가능해 용암절벽의 모습이 훨씬 다양하게 펼쳐진다. 6개의 징검다리를 건너가며 용암협곡을 감상한다. 연이어 감탄사를 쏟아내는 우리 목소리가 수직 벽에 반사되어 메아리로 되돌아온다.

연천군에서 이 트레킹 길을 개발하고 조만간 표지판을 세우는 등 제대로 된 관광자원화를 모색하고 있다고 한다. 이 길을 개발하기까지 화보집 《차탄천의 봄 여름 가을 겨울》을 내고 지역신문과 TV에

출연하여 여론을 형성하여 오늘이 있게 한 내 친구 윤승에게 고마운 마음이 절실하다.

지금 연천군과 포천시가 추진 중인 국가지질공원 지정이 이뤄지면 이 트레킹 길은 경원선 전철의 종착역인 연천의 효자 관광자원이 될 것으로 보인다. 미리 준비를 잘 해서 주변 환경관리와 자전거 길까지 갖출 수 있다면 더욱 많은 사람이 이용할 수 있을 것으로 생각한다.

차탄천 용암협곡 트레킹 길이 연천의 문화관광에 새로운 이정표가 되고 도약의 상징이 되길 기대한다.

잠시 고향을 떠난 후에 다른 사람들과 어울려 다시 오는 날, 내 고향의 연천의 명품 중에 으뜸으로 자리 잡은 모습을 상상한다. 생각만 해도 행복한 일이다.

제6장

산행 그리고 여행

01

백두산 원정기, 아 백두산

*한전산악연맹 겨레의 영봉(靈峯) 첫 등정

6월 27일 12시 50분, 전국 사업소에서 1명씩 추천을 받아 선발한 우리 백두산 원정대 42명은 심양행 중국 북방항공의 에어버스 300 기편에 몸을 실었다.

일기변화가 하루에도 열두 번이 넘는다는 백두산 천지를 볼 수 있을까 하는 대원들의 조바심도 아랑곳없이 무심히 내리는 비를 헤치고 천지의 경관을 그리며 들뜬 마음으로 백두산을 향해 날아갔다.

*창사 이래 최초의 백두산 등정

시양에 도착, 원정대는 사전에 계획한 대로 동북전력집단을 방문한 후 저녁 늦게야 연길의 백산호텔에 다다랐다.

연길에서의 첫 아침, 먼지가 풀풀 날리는 8시간 동안의 비포장길 버스 여행은 눈앞에 아른거리는 천지의 환영이 아니었다면 견디기 힘들었을 것이다.

백두산은 민족의 영산으로 건국 시조인 단군왕검이 나라를 세운 성산이다.

천지 물로 장백폭포를 만드는 옥벽(玉壁)을 오르며 바라본 장백폭포의 위용은 물론이고 천지에서 비롯되는 솔꽃강(松花江) 발원지 주변의 웅장한 경관은 가슴을 울리는 감동으로 다가왔다.

옥벽을 올라 해발 2,000미터의 수림 한계선을 지나니 화구벽의 돌틈과 천지에 이르는 평원에는 이름 모를 야생화와 고산식물들이 우리를 반겼다.

달문(闥門)에서 눈앞에 펼쳐진 천지의 위용은 호수는 분명 아니었다. 바다! 분명히 파도치는 바다였다.

*갈 수 없는 장군봉을 바라보며

산신제를 마친 후 백두산의 중국쪽 정상인 천문봉을 향했다. 두 시간 정도 화구벽과 그 위의 능선을 오르니 해발 2,670미터의 천문봉이다.

현재 시각 6월 29일 11시 59분, 기온 12도, 기압 727헥토파스칼,

날씨 흐림.

천문봉에 오르니 멀리 장군봉(2,749.2m)과 비류봉(2,580m)을 앞세우고 우리에게 손짓한다. 하지만 아직은 다가갈 수 없는 장군봉을 바라보며 우리는 통일의 그 날을 기원할 밖에 달리 도리가 없었다.

노호(老虎)의 등과 같다 하여 붙여진 호랑이등 능선길은 비가 내리는 중에도 형언할 수 없는 꿈길 같은 비경으로 산객의 발길을 묶어놓는다. 선경과 푹신한 고산식물의 융단 같은 감촉에 취해 걷는다.

초속 70미터의 강풍으로 차도 날려 버린다는 흑풍구(黑風口)에 이르니 다행히 바람은 자는데 피풍석(避風石)이라고 새겨진 비석이 눈을 끈다.

얼마나 바람이 세면 몸을 피하라고 가로 세로 1.2미터의 비석을 세워놓았을까?

좌측 아래로 멀리 장백폭포의 위용이 내리는 빗속에 이채롭다. 쌍화강으로 흘러가는 계곡과 어우러진 모습이 한 폭의 동양화다.

중국 스키 선수들의 훈련용 리프트 아래로 접어드니 수림한계선 이하에 들어 좌우로 울창한 자작나무 숲이다. 비를 맞으며 백두산의 원시림을 헤친다. 다시 천문대로 가는 포장도로를 만나고, 다시 원시림에 들고…….

이번 산행에서 낙석으로 생명이 경각에 달렸던 위험도 있었지만 천지의 위용을 가슴에 담고 내려올 수 있었던 것을 매우 다행으로 생각한다.

이 모든 것은 준비 과정에서부터 원정을 마칠 때까지 많은 분들이 물심양면으로 지원해 주신 덕분이라 생각하면서 지면으로나마 진심으로 감사드린다.

'해외 원정이란, 여행 전에 준비하느라 한 번, 실제로 한 번, 다녀와서 또 한 번' 이라는 말과 같이 나는 지금 세 번째 백두산 산행을 떠나고 있다.

※이 글은 지난 1995년 8월호 한전 사내보 『월간 한전』에 실린 글이다. 한전산악연맹 30주년 기념 원정으로 전국의 한전산악회원을 모아 5박 6일 일정으로 다녀왔다.

02 동남아시아 최고봉 키나발루를 가다

제1막 _ 키나발루를 향해서

말레이지아 보르네오 섬의 소도시 코타 키나발루. 유네스코가 세계자연유산으로 선정할 만큼 최고의 아름다움을 간직하고 있는 곳이다.

이곳에 죽은 자들의 안식처를 뜻하는 키나발루산이 있다.

동남아시아 최고봉인 해발 4,095미터의 키나발루산. 멀리 구름을 안고 있는 키나발루산이 보인다. 원정대원들은 설레임에 주위풍경을 카메라에 담느라 분주하다.

키나발루산은 코타 키나발루공항에서 90여 킬로미터를 차로 달리는 동안 수시로 모습을 드러내 원정대원들을 유혹한다.

제2막 _ 키나발루 산행 첫 날

산행기점인 1,866미터의 팀폰게이트를 지나니 카슨폭포가 등산객을 잡는다.

작기는 하지만 한라산 백록담 정도의 높이에 있는 키나발루산의 명소다.

키나발루산 정상을 오르는 약 8.5㎞의 등산길에는 칸디스 셀터를 비롯한 7개의 대피소가 등산객의 안전을 지켜준다.

등반로 좌우에는 하늘이 보이지 않을 정도의 밀림에 열대 우림의 야생 식물과 이름 모를 꽃이 여기저기서 자태를 뽐낸다.

이곳의 회색 다람쥐도 타국에서 온 등반객을 반긴다.

라양라양 대피소를 지났을 때 갑자기 하늘이 흐려지고 비가 쏟아진다. 순탄치 않은 산행을 예고한다. 비가 내리는 등산로 좌우에는 곤충을 잡아먹는 식물로 유명한 네펜테스 빌로사가 다양한 자태로 곤충을 유혹하듯 원정대원의 발길을 잡는다.

무덥고 습한 기후 탓에 큰 나무에는 공생하는 수 백여 종의 난초와 기생식물이 새롭게 보인다.

폭포다. 다섯 시간에 걸쳐 내린 비가 만들어낸 장관이다. 이 폭포가 걸려있는 곳은 해발 3,600미터. 다시는 볼 수 없을 임시폭포의 장관에 대원들은 흥분을 감추지 못한다.

하지만 이 비가 그치지 않으면 내일 등정은 포기해야 한다.

제3막 _ 키나발루 산행 둘째 날

아무것도 보이지 않는 새벽 두 시, 출발하기엔 이른 시간. 그러나 지금 출발해야 정상에서 일출을 볼 수 있다. 다행히 날은 맑고 별이 보인다.

대원들은 동계산행 복장과 헤드랜턴 등 모든 산행 준비를 끝내고 정상 등정을 다짐한다.

암흑에 싸여있던 봉우리들이 눈에 들어오기 시작한다. 주위로 멀리서 비쳐오는 아침 햇살의 붉은 빛이 봉우리들을 감싼다.

주위가 밝아온다. 온 누리를 붉게 물들이는 일출의 장관이 눈앞에 펼쳐진다.

10만년 전에 빙하가 흘렀다는 화강암 바위 평원이 장대하다. 키나발루산의 주봉 로스피크의 자태도 보인다.

펭귄처럼 모여 있는 봉우리들, 당나귀 귀처럼 생겼다는 당나귀 귀봉, 못생긴 자매봉, 남봉, 존스봉. 정상에서 대원들은 피곤함도 잊고 등정의 기쁨을 나눈다.

제4막 _ 키나발루 하산

내려오는 길에는 심야등반으로 보지 못한 절경들이 발길을 잡는다. 아찔한 절벽의 고산 식물들, 구름과 어우러지며 갖가지 아름다움을 연출하는 봉우리들, 발아래로 멀리 내려다보이는 운해, 담백하면서도 우아한 자태를 드러내는 고산식물과 꽃들.

남은 것은 이제 안전하게 귀가하는 일.

어려움과 추억을 함께한 한전산악연맹 대원들. 그들은 더 높은 도전을 꿈꾸며 내일을 기약한다.

원정대원 명단

- 대장 김영길(한전 진천지사장)
- 부대장 김봉길(인천전력관리처 총무부장)
- 대원 김길원, 정학수(인천전력관리처), 고홍진(강원본부)

※이 글은 2005년 10월 한전산악연맹 40주년을 기념해 동남아시아 최고봉 키나발루산을 등정한 기록을 정리해 한전 사내방송 KEP-CN News에 2005년 11월 7일 방송된 내레이션을 옮긴 것이다.

03

생돼지머리 시산제

지난 일요일에는 시산제가 있었다. 매년 1월 둘째 주는 시산제를 지낸다. 연례행사지만 그 때마다 산행중 안전을 위해 기도한 마음으로 정성을 다해 준비한다.

문득 작년 시산제의 해프닝이 생각난다. 한전산악회의 시산성지(?)인 백운산장 뒤편 능선에서 시산제를 위해 제상을 준비하는 중이었다.

갑자기 "어!" 하는 외마디가 들리는 순간 제수로 준비한 돼지머리가 직벽에 가까운 절벽으로 굴러 떨어지는 것이 아닌가! 모두 안색을 살피니 불길한 기운들이 가득했다.

산을 다니는 사람들에게 정상에서의 쾌감에 못지않게 낙상의 위험이 항상 따르는 법이기에 이 순간에 불길한 생각이 드는 것은 당연한 일이다.

한참 후에 한 회원이 고사머리를 찾아서 들고 올라왔다.

"어허, 올해는 산 돼지로 시산제를 지내니 운수 대통하겠구먼!" 하는 어느 회원의 기상천외한 발언에 모두들 안색을 펴고 맞장구를 쳤다.

"산악회 사상 처음으로 생돼지 시산제를 지내니 산악활동이 활기 차겠네!"

우리는 지난 해에 전국에서 42명의 대원을 선발하여 우리 민족의 영산인 백두산 원정을 무사히 마쳤다.

백두산 천지에서 산악회의 발전과 민족의 통일을 염원하는 산제를 마치고 경사가 60도는 넘을 듯한 천지의 화구벽을 오를 때였다.

"돌!" 하는 소리에 올려다보니 어른 머리 두세 개 만한 바윗돌이 3개나 굴러 내려왔다.

순식간에 일렬종대로 오르던 대열은 아수라장을 변했다.

"돌!"

"낙석!"

다행히도 두 개의 바윗돌은 대열을 피해가고 한 개의 바위가 한 대원의 가슴에 매달린 카메라를 정통으로 때리면서 왼팔을 스치고 지나갔다.

충격에 카메라의 렌즈는 날아가고 없었으나 팔의 상처는 다행히 가벼운 찰과상이었다.

순간 연초의 산 돼지머리 시산제가 뇌리를 스치면서 안도의 한숨이 절로 나왔다. 낙석에 대한 예고였을까?

올해 시산제는 많은 눈으로 어느 해보다 많은 참가자와 훌륭한 경관 속에서 처음으로 한글 축문을 낭송하는 신세대형 시산제를 올렸다.

"북한산 신령님이시여! 오늘 한전산악연맹 32년차 시산제를 맞이하여 정성껏 마련한 맑은 술과 과일을 올리오니 흠향(歆饗)하여 주옵소서. 바라옵건대 한전산악연맹의 산행길마다 건각(健脚)을 지켜주시고 건전한 정신과 강건한 신체를 보중하게 하시며 경외하는 마음으로 당신께서 허락하시는 대자연을 음미하게 하소서. 이에 우리의 정성을 모아 재배하옵니다."

04

몽골 승마 투어

첫째 날, 2015년 7월 29일. 초원을 꿈꾸다

오늘은 몽골로 말 타러 가는 날이다.

아침부터 천둥 번개에 난리다. 어떤 좋은 소식이 몽골의 수도 울란바토르에서 기다리고 있을지 기대된다. 몽골은 인구 약 300만 명. 땅은 한반도의 7배. 나에겐 몽고반점으로 친근하고 고려시대 피침의 역사와 삼별초, 제주도의 조랑말을 기억하게 하는 나라다.

우리 일행 25명을 태운 몽골 에어라인 여객기는 오후 2시 20분 인천공항을 떠났다. 오후 6시 칭기즈칸 국제공항 도착. 울란바토르, 몽골의 수도로 붉은 영웅이란 뜻이다. 해발 1,350미터, 우리나라 두타산이나 백덕산 정상의 높이이다. 인구는 135만 명, 몽골 인구의 약

45%가 여기에 산다.

앞 유리에 HYUNDAI라고 크게 쓰여 있는 푸른색 시내버스가 우리가 이용할 관광버스다. 그런데 좌석이 우리나라 구형 시내버스 그대로다. 모두들 걱정스런 눈치다. 공항에서 약 20분 거리의 뉴 알타이호텔에 여장을 푼다. 엘리베이터가 있는 5층짜리 '삼성급 호텔'이다. 행복식당에서 저녁을 먹었다. 식당 이름이 한글로 '행복' 이라고 쓰여 있다. 몽골에서도 행복은 지상 과제일 것이다. 한국 사람들이 좋아하는 말이 행복이라고 해서 상호를 행복이라고 정했을까? 어쨌든 마음이 행복해진다.

둘째 날, 7월 30일. 초원을 달리다

아침 식사는 호텔 건물 내 식당에 김치찌개, 육개장, 미역국이 준비됐다. 맛을 봤다. 우리나라 시골 음식점 스타일로 맛있게 먹었다. 몽골에는 약 2천 명의 한국인이 거주하고, 우리나라에는 2만여 명의 몽골리안들이 와있다고 한다. 롯데 초코파이를 후식으로 제공한다. 호텔 2층에 있는 이 식당에는 몽골답게 말 그림과 부조 액자가 나란히 걸려 있다.

네 시간 반 동안 지평선이 보이는 초원을 달려 터우 아이막과 볼강 아이막의 경계에 있는 비치그트하드 승마 캠프에 도착했다. 고도계는 1500미터를 가리키고 있다. 몽골에는 수도 울란바토르와 21개의 아이막이 있다. 몽골 행정단위인 아이막은 우리나라의 도 단위로 보면 된다.

몽골 대초원에서 좀처럼 볼 수 없을 듯한 바위 봉우리가 신기하게도 낙타 등처럼 생겼다. 그 아래 새하얀 게르들이 어림잡아 20개 정도가 줄지어 있다. 몽골 유목민들의 이동식 집이다. 우리가 흔히 말하는 몽골 텐트로 관광객용으로 마련된 것이다.

나를 사로잡는 것은 몽골 초원의 허브향. 바람에 실려 계속 후각을 자극한다. 진한 쑥향 같기도 하고, 아니다 라벤더 향과 비슷하다. 오후 네 시부터는 몽골의 첫 승마가 기다리고 있다. 늦은 점심을 먹고 잠시 눈을 붙인다.

게르 밖이 소란해진다. 눈을 뜨고 나가 보니 30여 마리 몽골 말들이 매어있다. 좋은 말, 솔직히 말해서 편한 안장을 고르려고 이리 저리 다니다가 어느 녀석의 뒷발질에 오른쪽 '조인트 뼈' 위를 살짝 맞았다. 그 놈 성질 참 대단하네. 내가 반사적으로 몸을 뒤로 빼지 않았으면 몽골까지 말 타러 와서 말도 못 탈 뻔했다. 참 다행이다. 일행 중에 벌써 허벅지 쪽에 제대로 맞은 사람도 있다고 한다. 얼마나 아플지. 그래도 뼈를 다치지 않아 다행인 것 같다.

배정된 말을 타고 캠프 앞에서 서쪽으로 줄을 맞춰 나아간다. 내가 배정받은 말은 흰색에 갈색 점이 있는 얼룩말이다. '내 말' 은 보기도 좋고 참으로 잘 달리는 녀석이다. 항상 선두를 유지해 주고 내 마음을 헤아려 줬다. 대열이 이동하는 중에 뒤쪽에서 보니 가히 장관이다. 현지인 마부 4명을 포함해 29명이 마치 흙먼지를 일으키며 마을을 습격하는 마적단이 몰려다니는 듯이 보인다. 이 정도면 칭기즈칸의 전투 행렬은 어떠했을까. 가늠해 볼 엄두가 나지 않는다. 날씨는 시원하게 바람이 불고 건조해서 우리나라 가을 날씨처럼 하늘이 맑은데 전혀 덥지 않다. 말을 타고 달려도 땀이 나지 않는다.

일행 중에서 첫 번째 낙마가 있었다. 전속력으로 구보 중 말이 구덩이를 피하느라 급히 방향 전환을 하는 바람에 말에서 떨어졌다고 한다. 보호 헬밋과 옷이 온통 흙투성이이다. 다행히 다친 곳은 없어 보인다. 나도 조심해야겠다. 같은 상황이면 나도 틀림없이 떨어졌을 것이다. 길에서 조금만 벗어나면 모래길로 풀 사이 군데 군데 구멍이 나 있다. 땅이 푹푹 꺼지기도 한다.

어느새 두 시간은 훨씬 넘은 듯하다. 느낌으로 20여 ㎞ 정도의 거리를 크게 서쪽으로 나가서 북쪽으로 돌아온 듯하다. 캠프 뒤편의 바위산 사이로 돌아서 원점으로 회귀했다. 낙타봉에 가려 있던 웅장한 뾰족 바위산이 자태를 드러냈다. 비치그트하드 캠프, 몽골 대초원에서 색다른 아름다움을 가진 캠프 사이트다.

게르 앞 공터에서 삼삼오오 낙조를 즐긴다. 이곳은 9시 반이 넘어야 어두워진다. 시원하게 펼쳐진 초원을 누비며 세 시간의 말타기를 마친 뿌듯한 피로감과 장시간 차량 이동의 노곤함에 잠이 밀려온다.

셋째 날. 7월 31일, 초원의 일출, 작업, 사막을 걷다

오늘은 오전 오후 세 시간씩 승마를 하게 될 것이다. 여섯 시 알람에 맞춰 일어났다. 아직은 미명이다. 게르 사이로 새벽달이 걸려 있다. 헌데 옆 게르에서 두런두런 말소리가 들린다. 젊은 어르신(?)들이 계신 곳이다. 칭기즈칸 공항 면세점에서 사온 보드카를 한 잔 하란다.

에라. 이번 여행은 젖어보자. 해장술 한잔.

일출을 기대하면서 밖으로 나왔다. 미명에서 여명으로 변하면서 캠프 옆에 있는 몽골 원주민 게르 앞에 두 마리의 말이 보인다. 몇 커트 찰칵. 말의 두 눈이 형광 빛을 내며 빛난다. 멀리 지평선이 밝아지는 듯하다. 그런데 어디서 외치는 소리가 들린다. 고개를 들어보니 '낙타봉' 위에서 한 여자가 나를 부른다. 일출 찍으려고 열심히 올라왔는데 카메라가 없다고 한다.

여기서 우리는 작가와 모델이 되었다. 전속 모델 '계약'을 맺고 촬영을 계속했다. 약 30분에 걸쳐 '지평선의 일출과 여인', '여심과 햇살', '실루엣' 등을 촬영했다. 황홀하게 떠오르는 아침 해! 햇살을 받으면서 숨을 멈추고 때론 가쁜 숨을 몰아쉬며 작업을 했다.

몽골 초원의 첫 아침, 장엄한 일출 촬영을 마치니 가슴 속에 뿌듯하게 뭔가 가득히 차오른다. 여기서 나는 선녀의 날개옷 대신 내 스마트폰 속에 선녀의 사진을 가진 나무꾼이 되었다.

아! 참. '낙타봉'에 올라가는 곳에 독초 무리가 있었다. 트레이닝 복 차림으로 오르며 스쳤는데 무릎 아래 장딴지 부분이 몇 분 동안 계속 따끔거리고 아릿했다. 찔린 것도 아니고 가시도 없는 익모초처럼 생긴 풀인데 옷을 입은 채로 스쳤는데도 한동안 찌릿찌릿하다. 갤럽여행사의 이세은 실장이 풀을 만지지 말라고 했던 생각이 떠올랐다. 독초 체험 사건이었다.

몽골 식사는 보통 너댓 접시의 음식을 내놓고 중국식으로 떠서 먹는다. 처음에는 혼동이 있다가 금방 익숙해졌다. 옆의 중학생으로 보이는 여자아이들은 거의 식사를 못하는 듯하다. 아예 컵라면을 들고 식당으로 들어온다. 젊은 어르신 한 분도 계속 컵라면이다. 아침 식사에도 러시아산 보드카가 여러 잔 오갔다. 괜찮은 건지 모르겠다.

오늘 승마는 캠프 앞의 도로를 건너 서쪽으로 크게 우회전을 한다. 한참을 달려가다가 오아시스를 만나고 말들에게 물을 먹이고 쉰다. 멀지 않은 곳에서 못 속에 들어가 노니는 한 떼의 말들이 보인다. 한 폭의 그림이다.

이제 우리는 그야말로 대평원을 달리고 있다. 초원의 구릉을 오르내리고 잠시 쉬었다가 또 달린다. 뒤에서 보면 먼지를 일으키며 달리는 모습이 역시 장관이다.

한참을 달리다가 승마원 원장과 인솔 마부를 앞질러 뛰어나간 일행 중 한 명이 말에서 떨어졌다. 걱정스럽다. 이번에는 눈앞에서 낙마의 모습을 보니 무척 고통스러워 보인다. 한동안 소리도 못내고 힘들어 한다. 모두 말을 세워 염려스런 표정이다. 말의 복대 끈이 풀어지고 안장이 돌아간 것이 보인다. 다행히도 안장을 다시 묶고 나자 일어나서 다시 말에 올라탄다.

저기 멀리 초원 한가운데에 바위 봉우리가 있다. 그곳에서 모두 모여 사진을 찍는다. 멀리 내려다보이는 곳, 수 킬로미터 밖에 우리의 비치그트하드 캠프 사이트가 조그맣고 희미하게 보인다. 나는 말에서 내려서서 출발하는 일행들의 모습을 캠코더에 담는다. 동영상으로 만들어 전원에게 보내줄 생각이다.

오늘 점심은 셔르덕이다. 셔르덕은 양고기 꼬치구이이다. 양고기와 당근, 파프리카 등 야채를 교대로 꼬치에 끼어 구워먹는 것이다. 현지 가이드 '깐박' 이 이미 꼬치를 굽고 있다. 이번 몽골 여행 중에 가장 맛있게 먹은 식사였다. 나중에 알고 보니, 뒤쪽에 오던 여자 일행들이 두 명이 더 낙마했다고 한다. 하여튼 큰 부상은 없는 듯하다.

오후에는 차량으로 이동해 '작은 고비' 라는 곳으로 가서 사막체험을 한다고 한다. 편한 옷으로 갈아입고 한숨 자려고 게르로 돌아왔다. 헌데 비상 상황이다. 옷을 벗는데 엉덩이가 쓰려온다. 룸 메이트 양석구 씨가 이내 얼굴을 찡그린다. 자기는 야구용 슬라이딩 팬츠를 입고 있단다. 우선 급한 대로 스포츠 테이핑을 했다. 볼 수는 없지만 엉덩이 양쪽이 모두 껍질이 까져 쓰라리고 끈적끈적하다.

이제야 후회한다. 여행 준비물 안내문에 '자전거용 바지'가 쓰여 있었는데 무시한 것이다. 해외여행 중에 이번처럼 사전준비가 허술한 적은 없었다. 사전 미팅에는 꼭 참석했는데 이번에는 주말 일정 때문에 참석할 수가 없었다. 거기 참석했으면 이런 일은 없었을 것이다.

전통적인 몽골 말의 안장은 나무 안장이다. 옆에서 보면 위가 넓은 U자 모양인데 몽골의 마부 총각들은 허벅지에 걸쳤다, 올라앉았다 하면서 자유자재로 타는데 우리들에겐 완전 회피 대상이다. 몽골 사람은 걷기 전부터 말을 탄다고 하지 않는가. 아마도 등자(鐙子, 발걸이) 끈을 짧게 해서 최대한 몸무게를 안장에 싣지 않고 타는 듯하다. 뭔가 다른 비결이 있을지도 모른다. 묻고 싶지만 그들과는 전혀 말이 통하지 않는다.

우리들의 안장은 약간 배려를 해서 우리나라처럼 가죽 안장은 아니지만 몽골 안장의 나무 부문을 떼어내고 도톰한 방석 하나를 얹어 놓은 모양이다. 그런 데다 나는 초보 승마자라 안장에 앉지 않고 말을 타는 전경자세도, 말의 반동을 받아내는 데도 미숙하다. 그러니 이렇게 엉덩이가 까지는 것이고 한 편으로 '내 말'도 힘이 더 들었을 것이 틀림없다.

오후 승마. 버스로 40분 정도 이동했다. 여기 저기 현지인들이 사는 게르가 흩어져 있다. 낙타 몇 마리가 얌전하게 무릎을 꿇고 앉아 있다. 우리가 탈 말들은 줄줄이 매여 있고, 옆에서는 몽골 주민이 말젖을 짜는 것을 보여준다. 새끼 말이 젖을 빠는 것을 강제로 떼어 옆의 줄에 매어 놓고 착유를 한다.

새끼 말은 배가 고파서 울부짖는다. 주민이 마유주(馬乳酒)를 만들기 위해서 둥근 통에 담은 말젖을 젓고 있다. 나도 한 번 국자를 받아 저어 보았다. 몽골어로 '아이락' 이라고 하는 마유주는 말젖 발효 음료다. 나중에 맛을 보니 약간 시큼하면서 국내의 밀키스 맛과 비슷한 듯하다. 이름은 마유주지만 알콜 성분은 거의 없어 일종의 요거트인 셈이다. 몽골사람들이 상용하는 음료수란다.

사막 체험은 가까이 보이는 모래 언덕을 지나 백조가 노니는 작은 연못을 가로 질러 멀리 보이는 산쪽으로 돌아오는 코스였다. 산 아래 그늘에서 잠시 쉬는 동안 바라보는 파아란 하늘은 컴퓨터 바탕화면과 정말 똑 같았다. 버스로 돌아오는 길에 오아시스에서 헤엄치는 백조를 캠코더로 찍으려고 뒤로 처졌다.

나의 첫날 룸메이트였던 양병두 사장의 사진을 찍어주려고 말에서 내렸다. 몇 장 찍는 동안 '내 말' 이 도망가 버렸다. 사막에서는 말이 불편한 모양이다. 앞에 가는 몽골인 마부가 들으라고 "헤이" 도망치는 말을 가리키며 소리를 질렀다. 마부가 말을 몰고 달려와 달리는 말 위에서 그냥 뛰어 내리면서 '내 말' 을 잡으려다 놓쳤다. 말은 한참 도망가서 보이지 않는다.

말을 금방 잡아올 걸로 생각하고 양 사장은 말을 탄 채로 말이 없는 나는 걸어서 모래 위를 한참 걸었다. 처음엔 괜찮더니 점점 힘들어진다. 발이 땅속으로 푹푹 들어간다. 이렇게 해서 완벽한 사막 걷기 체험의 추억이 만들어졌다.

30분 정도 지났을까. 마부가 '내 말' 을 잡아서 달려온다. 덕분에 나는 일행을 뒤따라 잡기 위해 신나게 구보를 한다. 약 2㎞ 정도는 달렸나 보다. 지금까지 가장 긴 거리를 원샷으로 구보한 셈이다.

셀 수 없이 많은 염소 떼를 만난다. 천 마리는 되지 않을까. 말에서 내려 한 컷 찰칵. 이번엔 말이 도망가지 않도록 마부에게 고삐 줄을 잡게 한다. 오후 승마에서는 오전에 세 명이나 낙마하는 바람에 연천승마원 김종식 원장이 선두에서 앞지르지 못하게 하고, 통제가 엄청 심했다.

넷째 날. 8월 1일, 낙타체험과 어기이 호수

오늘은 아르항가이 아이막에 있는 어기이 호숫가로 캠프를 옮기는 날이다. 어제 몽골 마부의 제지로 제대로 체험하지 못한 엘승 타술라헤, '작은 고비' 라는 사막에 다시 갔다. 멀지 않은 사막까지 가서 인증 샷을 담고 오니 시간이 남는다.

낙타 타기 체험에 나섰다. 말과 달리 낙타는 무릎을 꿇고 얌전히 앉아서 손님을 기다리고 있다. 그렇게 보니 말은 트럭, 낙타는 세단처럼 느껴진다. 앉아보니 쌍봉 낙타의 육봉 덕에 안정감은 있지만 조금 갑갑하다. 육봉이 뭉클한 게 감촉이 익숙한 듯 색다르다. 타고 일어서니 키가 무척 크다. 코에 구멍을 뚫어 거기에 나무 못을 꿰어 줄을 묶었다.

말보다 더 방향전환이 잘 된다. 말 타던 실력으로 낙타를 몰아본다. 이제 산전수전(山戰水戰) 공중전(空中戰)에 기마전(騎馬戰), 그리고 기낙전(騎駱戰)까지 한 셈이다. 사진 찍어주는 사람들이 고맙다.

어기이 호수로 가는 길은 비포장 길이다. 버스로 6시간 동안 이동하는 중에 온통 술판이 벌어졌다. 그 놈의 러시아산 보드카. 권하는 맛에, 강요에 못 이겨 한 잔 두 잔. 결국 마음의 끈이 풀어졌다. 술이 취하고 비포장 길을 달리는 버스 안에서 원숭이처럼 춤을 추고. 내가 망가지니까 일행들이 그렇게 좋아할 수가 없다.

어기이 호수가 내려다보이는 구릉 위에서 차가 멈췄다. 몽골 토속신앙의 상징인 어워가 있다. 우리로 말하면 성황신을 모시는 서낭나무 같은 곳이다. 가는 곳마다 수없이 많이 스쳐 갔지만 차에서 내려 눈 앞에서 보는 건 처음이다. 제법 큰 어워이다. 10달러 지폐 한 장을 꺼내 어워의 돌무덤 속에 묻었다. 우리 모두의 행복하고 건강한 여정을 기원하며….

어기이 노르 캠프에 도착하고 술이 덜 깨어 한참 쉬었다. 잠은 오지 않는다. 호숫가를 산책한다. 호숫가에도 작은 어워가 있다. 나무에 푸른 천을 매어놓았다. 오늘 저녁 메뉴는 유명한 '허르헉' 이다. 돌을 불에 시뻘겋게 달구어 양고기를 담은 냄비에 넣어 그 열기로 양고기를 익혀 먹는 요리이다. 따뜻할 때 먹었으면 맛이 좋았을 텐데 식어서 고기가 질기다. 큰 기대를 했는데 술로 속이 뒤집어진 탓에 별로 먹지 못했다.

밤 열 시가 되어가는데 아직도 환하다. 한 쪽에서 음악소리가 들리고 캠프에 모인 사람들의 댄스파티가 벌어졌다. 차 속에서 한판 춤을 추었고, 그 여세를 몰아 다시 불을 붙이려는데 흥이 나질 않는다. 술이 다 깼나 보다. 석양의 호숫가에서 댄스파티. 호수와 낙조를 배경으로 춤추는 군상들의 실루엣을 역광으로 폰카에 담았다.

한쪽에서 씨름판이 벌어졌다. 특전사 출신인 양석구 씨와 현지인 대학생 정도 되는 친구와 몽골 씨름이 벌어졌다. 그는 우리말을 제법 잘한다. 결과는 양석구 씨가 패배. 샅바 없이 하는 몽골 씨름은 우리가 불리할 수밖에 없다. 공수부대에서 근무했다는 양석구 씨는 수시로 셀프 동영상으로 현장을 중계한다. 마침 몽골 특전사의 점프가 있어서 그의 리포트는 신바람이 난다.

재미있고 아쉬운 몽골의 마지막 밤이다. 미처 깨지도 않은 속에 계속 술을 마셔대니 아직도 속은 울렁거리고 자정이 넘어서야 겨우 잠을 청한다.

다섯째 날, 8월 2일

아침부터 장장 400여 킬로, 5시간을 달려 다시 울란바토르에 도착했다. 조금 뒤에 구름을 헤치고 인천으로 날아갈 것이다. 여행 둘째 날 울란바토르에서 서남향 300킬로 비치그트 하드 캠프와 셋째 날 작은 고비사막이라는 엘승 타슬라헤를 탐방했다. 엉덩이가 까지도록 말을 타고 초원과 사막을 누비고 낙타까지 타 보았다.

넷째 날 몽골 황궁 유적지 하르호림을 거쳐 150킬로 북서쪽으로 이동해서 어기이노르 캠프, 그리고 오늘 다시 정동쪽 방향으로 울란바토르까지 400킬로미터. 울란바토르와 엘승 타슬라헤, 그리고 어기이노르 캠프를 꼭짓점으로 하는 삼각형의 여정이다. 나는 이번 여행의 이름을 '그린 트라이앵글 승마투어' 라고 기억할 것이다.

울란바토르의 아울렛에서 아내를 위해 캐시미어 쇼올을 하나 샀다. 옛날에 이탈리아 밀라노에서 사 온 프라다 핸드백 칼라에 맞추어. 몽골 에어라인 항공기는 두 시간 연착해 8월 3일 월요일 아침에 인천공항에 도착했다.

베스트 포토샷 공모에는 세 점을 출품했다. '일출과 여신', '석양의 약속' 그리고 '호숫가의 댄스파티'. 몽골에서 만난 나의 선녀는 이렇게 '여신' 이 되었다.

05

승봉도 힐링 투어

2015년 9월 5일. 연천 차탄리 친구 모임인 수레울 모임의 1박 2일 승봉도 투어가 있는 날이다.

연천, 안산, 동두천, 성남과 서울에서 수레울 벗님들이 모인다. 날씨가 흐리다. 비가 올 듯하다. 나 '행복고수'와 아내 '웃음가득' 영순 씨는 예정보다 20분 이른 5시 40분에 명일역에서 상범과 성래 커플을 만나고 태평역에서 병섭 회장을 태웠다.

이번 여행은 내가 형님이 되었다. 상범이는 아우가 되고. 상범이와 나는 초등학교 시절에 먼저 '내 동생'을 부르면 '형님'이 되는 '형님 내 동생' 놀이를 지금도 즐긴다. 오늘은 네 시 오십 분에 문자 메시지를 보냈다.

"아우님 일어나셨는가. 소풍가세. 하하하."

회원 8명, 가족회원 3명. 모두 11명의 멤버들이 다 모였다. 탑승 수속을 위해 8시까지 모이도록 했는데 모두가 시간을 잘 지켜줬다. 비가 조금씩 내린다. 8시 45분 승봉도행 고속 페리 레인보우호에 올랐다. 2층 뒤편 갑판에 깔개를 펴고 시원한 맥주 한잔을 마시면서 힐링 여행이 시작됐다.

한석이의 부인 남숙 씨와 근헌이가 제일 행복해 보인다. 갈매기에 과자를 던져주며 여행을 적극적으로 즐긴다. 인천대교 아래를 지나 멀리 왼편으로 영흥화력발전소가 보이는 영흥도가 있다. 자월도, 소이작도, 대이작도를 거치니 승봉도의 동양콘도가 보인다.

승봉도는 행정구역상으로 인천광역시 옹진군 자월면 승봉리이고 면적은 2.219 평방킬로미터에 둘레는 약 10킬로미터로 인구는 158명이다. 원래 이 섬에 처음 정착했던 두 사람의 성씨를 따서 신황도로 불리다가 섬의 지형이 승천하는 봉황을 닮았다고 하여 승봉도로 불리게 되었다고 한다.

승선시간 약 두 시간. 내내 비가 내렸다. 승봉도에 도착하니 어느새 비는 멎었다. 블루오션 펜션의 남정임 사장이 소형 승합차에 대기하고 있다.

짐은 트럭에 싣고 병섭 회장이 운전하여 숙소에 도착한다.

이번 여행은 1인당 12만원에 숙박과 3식, 그물 체험과 배 낚시 그리고 당구장과 노래방을 이용할 수 있도록 되어 있는 패키지 프로그램이다.

총무인 내가 미리 구해 놓은 자월면 관광 안내도를 나눠주며 투어 일정 브리핑을 했다. 잠시 후 점심식사는 전복 백숙이고 그 다음에 그물체험을 하고 저녁은 생선회로 준비되어 있다. 내일은 꽃게장 백반으로 아침식사 후에 배 낚시를 나간다. 점심식사를 마치면 연안부두행 배를 타야 한다, 등 등.

그런데 일정을 바꿔 식사 전에 그물체험을 하기로 했다. 이번에 특별히 꽃게 그물을 걷는 체험한다고 한다. 기대가 부푼다. 구명조끼를 입고 백사장이 아름다운 사승봉도를 지나 약 30여 분을 배로 달렸다. 멀리 당진화력발전소가 보인다. 여기 저기 바다 위에 부표가 보인다. 그물 표시인 듯하다.

잠시 후 그물이 올라오면서 꽃게가 걸려 올라온다. 와아! 모두 환성이다. 빙 둘러앉아 그물에서 꽃게를 분리하느라 몸놀림이 분주하다. 기역자 모양의 꼬챙이로 그물코를 끊어야 한다. 이게 잘 되지 않는다. 상호가 칼 세 개를 찾아왔다. 작업이 훨씬 수월해진다.

여기 저기서 게를 양손에 잡고 사진 찍어 달라 난리가 아니니다. 웃음꽃이 만발한 체험여행이다. 아이스박스를 게로 한가득 채운 배는 항구로 돌아온다. 배 안에서 게를 손에 들고, 또 구명조끼에 달고 번갈아 사진을 찍는다.

점심시간. 열두 시 반이 넘어 시장하기가 말할 수 없다. 점심메뉴는 전복 백숙이다. 모두 배가 고파 정신없이 닭고기를 뜯는다. 오래 삶아 살이 정말 연해서 맛있게 먹었다. 커피 한잔씩 마시고 나서 펜션 옆쪽 갯벌에서 돌종게와 갱을 잡기로 했다.

이 글을 쓰기 위해 남정임 사장에게 전화해서 갯벌에 있는 작은 게의 이름을 물어보았다. 작은 소라는 사전 답사 때 물어보았더니 갱이라고 했다. 호미를 들고 갈쿠리, 작은 통, 양파자루를 챙겨 갯가로 나갔다. 여긴 자연산 굴이 서식하는 곳이라 뻘이 아닌 돌이 많은 갯벌이다. 더 나가면 모래밭일지 모르겠다.

돌종게는 얼마나 빠른지 혼자서 돌을 들추면서 잡아서는 금방 숨어버리는 놈을 잡기 어렵다. 한 사람은 돌을 들추고 둘이 동시에 게를 잡아야 한다. 예닐곱 명이 한 시간 정도 누비니까 양이 제법 많다. 한석이와 남숙 씨는 양말을 신지 않고 나왔는데 역시나 한석이의 발에 피가 낭자하다. 소름이 끼친다. 크게 다친 건 아니라 다행이다.

오후 세 시가 간조 때이다. 사전 답사 때는 물때도 모르고 아침식사 전에 섬일주 산책을 했었다.

승봉도의 명소라는 남대문바위를 찾아갔다가 물이 빠지지 않아 줄잡고 절벽을 오르내려 겨우 사진 몇 장 찍었던 기억이 되살아난다. 나중에 간조 때에 접근할 수 있다는 것을 관광안내 리플렛을 보고 알았다.

펜션의 트럭을 빌려 적재함에 자리를 펴고 회원들을 태웠다. 물이 빠진 남대문바위를 가기 위해 주랑죽 쉼터 앞에 차를 대고 약 1킬로를 해안선을 따라 걸어가니 코끼리 머리 모양의 남대문 바위가 있다. 코끼리바위라고도 부른다. 신나게 쌍쌍이 사진을 찍는다. 그런데 차 회장과 근헌이는 혼자다. 그래도 한 장 찍어 줘야지. 찰칵.

네 시에 우리가 그물체험에서 획득한 꽃게를 삶아 준단다. 군침이 돈다. 우리가 묵는 독채 펜션 앞 나무로 짠 식탁에 빠알갛게 쪄진 꽃게가 대령했다. 너나 할 것 없이 식사시간에는 용감한 병사다. 음력 7월 23일 보름이 지난 지 오래라서 게들의 몸이 가볍다. 방게라고 하는 울긋불긋하게 모양이 다른 게 두어 마리가 있었는데 그 놈의 살이 꽉 차고 육질이 단단하면서 맛이 고소하다. 조금 있으면 저녁식사로 맛있는 회가 나올 텐데 모두 아랑곳없이 손과 입이 바쁘다.

이번 여행에서는 행복한 고민거리가 하나 있었다. 그것은 농협에 근무하는 원용이 찬조한 한우육 4근, 돈육 3근을 언제 어떻게 먹느냐 하는 거였다. 저녁 식사 때, 식사 후에 바비큐를 할 것인지 말 것인지 말이 분분했다. 꽃게까지 쪄서 새참으로 먹은 터라 위가 완전히 '만땅' 이 되어 찬조 받은 고기를 먹을 일이 걱정이다.

저녁을 생선회에 맛있게 먹었다. 저녁식사를 하는 동안 참게그물, 돌종게와 갱잡기, 참게찜, 생선회까지 찍은 사진을 오지 못한 회원들에게 날렸다. 약을 올리려는 심보다. '행복한 고민' 은 '한우산책'

으로 결판이 났다. 펜션에서 출발해 마을 앞 연꽃 데크길을 돌아 이일레해수욕장으로 한 바퀴 돌기로 했다.

귀뚜라미길로 한 바퀴를 돌아 펜션으로 돌아오니 어느새 부른 배는 쑤욱 꺼지고 식욕이 살아난다. 귀뚜라미길은 이번 '한우산책' 중에 귀뚜라미 울음소리에 반해 즉석에서 지은 이름이다. 어릴 적에 시골집에서 듣던 그 귀뚜라미 울음소리다. 이일레해수욕장 위쪽의 순환도로 길인데 밤에 산책을 하니 소쩍새 울음소리도 들려왔다.

숯불 바비큐 요리사는 상호가 자진해서 맡았다. 기특하긴 하다. 녀석은 배를 타면서부터 졸더니 내내 낮잠을 잤었다. 육즙이 알맞게 남아있는 부드러운 한우 맛을 탐닉하면서 없어지는 것은 술이요, 마시는 대로 기분이 좋아진다. 이 맛난 고기를 보내준 원용이가 생각난다. 원용이는 회사일로 갑자기 못 오게 됐다. 고마움을 전하려는데 전화를 받지 않는다.

같은 펜션의 본채에 들어온 1남 3녀 팀에서 과일과 밴댕이 무침을 보내왔다. 답례로 소고기를 보내고…. 배는 부르고 처치곤란이 된 돼지고기를 불쌍히 여겨 병섭 회장이 한 무더기를 숯불에 올린다. 그래서 삼겹살도 맛보고…. 역시 고기는 숯불에 즉석으로 구워 먹어야 제 맛이라는 걸 실감한다. 벌써 10시가 넘는다.

이 펜션에는 노래방이 일품이다. 배는 부르고 소화를 시키고 자야 한다며 노래방에 가자고 일행을 모았다. 병섭 회장과 상범, 근헌, 상호, 상원, 한석이 합류했다. 45분만에 100점이 5명. 모니터에 만원짜리 5만원이 붙었다. 나중에 근현이가 주무신다는 '삼공주'를 모셔와 홍이 배가 됐다. 5만원은 그녀들이 걷어갔다. 아! 그 돈은 연안부두 해상공원에서 해산할 때 아이스크림 값과 주차비로 지불했다.

코골이 탱크 한석이는 독방에서 잘 자고 있다. 이불이 모자란다. 노래방에서 왼쪽 무릎 위를 모기에게 두 방을 물렸는데 부어오르고 가려운 게 장난이 아니다. 모기 때문에 잠자기가 겁이 난다. 그래도 어쩌랴. 옆에 보니까 상원이가 머리 위와 발 아래로 모기향을 피워 놓고 잠을 자고 있다. 그래 여기가 좋겠다.

벌써 12시가 넘어 지금 주인을 깨울 수도 없고, 이불이 없으니 야외용 깔개를 이불 대신 깔고 자기로 했다. 연천에서 가까이 지내는 박춘덕 우체국장이 선물한 야외용 자리가 다방면으로 정말 효자 노릇이다. 모기가 무서워 긴 팔, 긴 바지를 입고, 바지 끝을 양말 안에 넣고 얇은 바람막이 옷을 위에 입었다. 바람막이 옷의 양팔을 서로 끼워 모기가 손을 물지 못하도록 하고 잠을 청했다. 머리와 얼굴은 등산용 스카프와 극세사 수건으로 덮었다.

다음 날 아침, 상원이는 다 좋은데 모기 때문에 잠을 설쳤다고 한다. 나한테 덤빌 모기가 다 상원이를 공격했을 것이다.

2일차, 9월 6일이다. 새벽 네시 반. 벌써 몇 녀석이 왔다 갔다 한다.

'잠들도 없네.' 투덜대다가 결국 일어났다. 다섯 시 반이다. 6시 8분인 일출시간에 맞춰 해안산책로를 돌자고 모두 깨웠다. 당초 기상시간은 6시 반이었다. 서둘러 트럭을 타고 해안산책로로 오른다. 벌써 몇몇 관광객들이 해안 일주 도로를 산책하기 시작했다.

승봉도와 금도는 모세의 기적을 보여주는 섬이다. 승봉도 남단에 있는 금도는 만조 때는 하나의 섬이었다가 간조 때는 승봉도에 합류한다. 바로 옆에 목섬을 끼고 해안선이 가히 장관이다.

날이 흐려 멀리 구름 사이로 해가 비치기 시작한다. 눈앞에 펼쳐지는 자연의 '빅 쇼' 에 모두 사진 찍느라 정신이 없다. 못 일어난 게으름뱅이들을 안주삼아 씹으면서 몽돌 해안에 앉아서, 또 엎드려서 포즈를 취하고 사진을 찍는다. 떠오르는 바닷가의 아침 햇살에 '삼공주' 의 얼굴색이 발그레하다.

해안 산책로를 트럭을 타고 일주한다. 병섭 회장과 사전 답사 때 배고픔을 못이겨 초콜렛을 얻어먹던 '초콜렛 고개' 를 넘는다. 이 고개가 회장단이 고행을 하던 '초콜렛 고개' 라고 친절하게 설명하면서.

8시 반. 아침 식사는 꽃게장 백반에 바지락 국이다. 밥도둑 꽃게장에 밥 한 그릇은 뚝딱 없어지고, 눈치 보느라 못 먹는 두 조각 게장. 주방장 아주머니가 한 접시를 더 내온다. 환호와 함께 젓가락들이 다시 모이고. 행복한 시간이다.

바로 배 낚시를 나가기로 한다. 우리와 음식을 나눠 먹던 1남3녀 팀도 동행한다. 선착장에서 멀지 않은 곳에 배가 선다. 모두 낚시도구를 손에 든다. 이때 선장이 나와 구명조끼를 먼저 입으라고 호령이다. 나중에 알게 되었다. 어젯밤에 추자도에서 밤 낚시 배가 전복되어 사망 실종자가 발생했다는 것을. 그래서 선장의 목소리가 커졌다는 것을. 한 10분 지나니까 고기가 잡히기 시작한다.

헌데 나의 '웃음가득' 영순 씨가 멀미가 난다고 한다. 일단 배 가운데의 선실에 기대어 앉도록 했다. 껌을 꺼내어 씹고…, 멀미를 참느라 애쓴다. 참을성이 대단한 나의 마누라다. 결국 동승한 다른 팀 여자와 몇 명이 멀미 때문에 내려달라고 한다. 우리 일행 중에 몇 명이 내리고 나와 한석이 내외, 병섭 회장과 상원이만 남았다.

남숙 씨는 배를 처음 타 본다는데 멀미도 안 하고 낚시 선수처럼 잘 잡는다. 커다란 볼락과 놀래미, 심지어는 그녀에게는 한 번에 두 마리도 잡힌다. 그런데 나는 소식이 전혀 없다.

"에라. 집어 치우자" 했다가, 그래도 아쉬워 또 던져보고, 다른 사람의 낚시로도 해 보지만 영 무소식이다. 다행히 귀항하기 직전에 '당겨도 7센치' 가 안 되는 볼락이 구겨진 내 체면과 자존심을 세워준다. 인증샷 촬영은 병섭 회장과 남숙 씨가 해줬다. 배가 들어오는 동안 아이스박스에 잡은 고기를 담는다. 스물다섯 마리다. 1남 3녀 팀은 주로 제일 큰 우럭을 포함해 큰놈으로 여섯 마리를 잡았다. 총

분한 횟감이다.

11시 반. 꽃게와 낙지, 그리고 바지락이 왕창 들어간 해물 칼국수로 시장기를 달랜다. 배에서 낚시하는 동안 운동량이 꽤 되는 듯하다. 몸의 중심을 잡으랴 낚시하랴 정신력, 체력 소모가 장난이 아니다. 잡은 물고기를 회 떠서 승봉도의 마지막 식사에 더한다. 직접 잡은 물고기를 안주로 하니 소주 맛이 어제와 다르다. 오늘 참석하지 못한 회원들을 위해 기념품으로 승봉도 특산 바지락살을 구입했다. 승봉도를 떠나는 배는 한 시에 있다.

레인보우호가 우리를 태우고 인천 연안부두에 도착하니 세 시가 넘는다. 내주에는 승봉도 힐링투어 사진 콘테스트가 있다. 좋은 작품들이 한 주일 더 회원들에게 힐링섬 승봉도의 추억과 여행의 풍미를 선사할 것이다.

06

뫼사랑 여행기

– 사과와 충효의 고장 예천

꼭 가보고 싶어서 마음 설레던 예천 여행을 하게 됐다. 내가 평생의 동지들로 생각하는 사람들의 모임, 내 인생의 큰 부분이자 삶의 의미가 된 모임이 있다. 모임 이름이 뫼스랑인데 이름처럼 산을 사랑하는 사람들 모임이다.

나는 1978년도. 고등학교 3학년 때 한전에 입사했다. 지금까지 몸담고 있는 직장인데 한전 본사의 산악회가 한전산악회이다. 한전산악회는 모임의 총무를 간사라고 하는데 뫼스랑은 간사를 거친 사람들의 모임이다. 한전산악회는 올해로 50년이 된다. 뫼스랑 구성원들은 한전산악회의 역사이자 산 증인이라 할 수 있겠다.

이 뫼스랑의 올 여름 모임장소가 경북 예천이다. 나는 아무 곳에서 나 잘 먹고 잘 자지만 분위기 좋은 곳에서 먹고 자는 것에 큰 의미를 둔다. 정확하게 표현하자면 내가 가고 싶은 곳은 다름 아닌 예천양수발전소의 숙소인 셈이다. 양수발전소는 밤에 물을 끌어 올려 상부저수지에 저장했다가 전기가 모자랄 때 낙차를 이용해 수차를 돌려 발전하는 방식으로 영어로 'Pumped Storage Power Plant' 라고 한다.

양수발전소는 산꼭대기에 상부저수지, 계곡에 하부에 저수지를 가지고 있어 경관이 좋을 수밖에 없다.

경기도 연천에 근무하는 나는 며칠 전에 북쪽의 젊은 친구가 포격도발을 하는 통에 비상근무와 CEO의 불시방문에 홍역을 치렀다. 8월 28일. 비상근무에 따른 대체 휴무를 사용해 일찍 서울을 떠났다. 박상형 회원의 사륜구동 차량 모하비에 몸을 싣고 뒤 좌석엔 송재영 회원 내외가 동승했다.

모임 시간인 저녁 7시까지는 시간이 많이 남는다. 삼강주막을 들러 막걸리 한잔 하기로 한다. 점촌IC에서 중부내륙고속도로를 나와 문경시 산양면을 지나 용궁면 삼강리. 삼강절경이다. 낙동강과 내성천, 금천이 합류하는 곳에 예로부터 보부상, 뱃사공 숙소와 나그네를 위한 주막이 있었고 그래서 삼강주막이라고 부른다.

이곳의 '들돌' 과 표지판을 보니 인력시장이 있었고 들돌을 드는 것을 보고 품값을 정했다고 한다. 배추전, 도토리묵, 두부와 김치를 곁들인 막걸리 한 되가 만 사천원이다. 인증샷을 찍어 카톡으로 전송한다. 지금 이동하는 도중인 회원들의 군침을 애피타이저로 삼으려는 심사다. 담백한 배추전. 막걸리에 잘 어울린다. 2007년에 근무하던 메밀꽃 필무렵의 고장 평창의 배추 메밀전이 생각난다. 도토리묵은 쫄깃함이 남다르다.

인근의 회룡포 마을로 향한다. 강물이 용처럼 굽이쳐 마을을 돌아간다는 회룡포는 직선거리로 3킬로 내외. 차로는 10여 킬로를 돌아가야 한다. 소형차만 건널 수 있는 내성천의 잠수교인 성저교를 건너 회룡포 마을을 내려다볼 수 있는 전망대, 회룡대로 가기로 했다. 장안사 앞에 주차를 하고 포장도로를 오르니 한 쌍의 호랑나비가 우릴 반겨 서로를 희롱한다. 캠코더가 아쉽다. 스마트폰으론 그 사랑하는 모습을 담지 못한다. 한참을 쫓아다니며 몇 장 찍어 보지만 계속 움직이니 그림이 되질 않는다.

행운의 계단을 오르니 좌우로 유명 시인들의 시 표지판이 도열해 우릴 반긴다. '모가지가 길어서 슬픈' 에서부터 회룡포를 노래하는 많은 시가 있다. 회룡대에서 내려다보는 회룡포 마을은 정말 한 폭의 그림이다. 육지 속의 섬마을로 강이 산을 안고 돌아가고 맑은 물과 넓은 백사장을 뽐낸다. 천혜의 경관이 아닐 수 없다. 어느 시인 묵객이 시 한 수 읊고 싶은 마음이 일어나지 알겠는가.

양수발전소로 향한다. 다행히 차에 탄 뒤에 소나기가 내린다. 예천읍을 지날 무렵 비가 그치고 오른편에 무지개가 선명하다. 오랜만에 보는 무지개다. 하리면과 상리면에 연해 양수발전소의 하부저수지가 있다. 물안개가 걷혀가는 하부저수지를 오른편에 끼고 조금 오르니 예천 충효공원이 있고 발전소 준공 기념탑이 보인다.

충효공원은 예천의 충절 약포 정탁과 명심보감 속편에 나오는 효자 도시복의 효를 기념하는 공원이다. 약포 정탁은 임진왜란 때 죽음의 위기에 처한 이순신을 구했다고 한다. 효자 도시복에 대해서는 병든 홀어머니에 대한 효도를 독수리와 호랑이가 도왔다는 기록이 전해 온다. 어머니를 위한 고기를 날라 준 독수리와 5월에 홍시를 구할 수 있도록 효자 도시복을 태우고 강릉까지 갔다온 호랑이 모형이 있다.

조금 올라가니 길 오른편에 우리가 머물 공용사택이 있다. 방 둘, 회장실 둘, 큰 거실에 주방이 따로 있는 201동에 들었다. 하부저수지가 잘 내려다보이는 곳으로 주변에 소나무, 단풍나무며 잘 가꾸어진 모습으로 마음이 시원해진다. 역시 나의 기대치를 깨지 않는다.

홍훈식, 박인서 두 총무는 식당을 점검하고 도착했다. 거의 동시에 충북 괴산군의 연풍에서 혼자 달려온 최영수 회원이 도착해 괴산 특산물 대학찰옥수수를 따끈따끈한 채로 내놓는다. 김이 모락모락. 손과 입, 마음까지 뜨거워진다.

저녁 식사는 예천읍에 있는 김서방 숯불에서 때깔도 좋은 갈비살에 육회가 나왔다. 오가는 술잔. 익어가는 주홍. 아! 모처럼 참석한 동철 씨를 모두 반긴다.

숙소에서 회의와 환담 중에 이재구 회장이 부인과 함께 도착하니 또 한판 술자리가 벌어진다. 나는 술만 마시면 취하는 병자라 먼저 자리라.

8월 29일, 이틀째. 이젠 모두들 아침형 인간이 됐나 보다. 8시 반에 아침을 먹기로 했는데 여섯시도 안 돼 난리들이다.

어쩔 수 없이 일어나 산책에 나섰다. 길가에 주렁주렁 달린 예천 사과. 먹음직스런 자태로 우릴 유혹한다. 아직 햇살을 받지 않아 만개한 채 우릴 맞는 달맞이꽃, 노오란 루도베키아 무리와 금계국이 여행자의 눈길을 끈다.

아침식사는 예천방향으로 10여 분 내려와 왼편에 하리면의 장독가든에서 청국장을 맛있게 먹었다. 정갈한 백반상에 물컵도 항아리 모양이다. 집 앞에 고로쇠나무가 큰 게 두 그루 서있고 텃밭에는 고추, 오이, 박, 호박이 풍성하다. 민들레와 고들빼기가 지천이다. 일부러 심은 듯하다. 우리가 직접 키운 채소와 나물을 먹은 것은 틀림이 없어 보인다.

상부저수지 가는 길에 용문사를 들러 가기로 했다. 신라 경문왕 때 두운선사가 지었다는 용문사는 전각 내에 좌우로 2개의 윤장대가 있는 대장전과 용문사를 특별 대접하라는 왕의 교지 등 4개의 보물이 있어 유명하다. 주변 경관도 산세와 함께 수려함을 뽐낸다. 가을에는 많은 사람들이 찾을 듯하다.

꼬불길을 한참 돌아 올라서니 어림호(御臨湖)라고 새긴 비석이 우릴 반긴다. 해발 724미터의 상지는 청평 양수의 호명호의 1.5배 정도로 보인다. 차로 한 바퀴를 돌 수는 없게 되어 있다. 하산 길에 내려다보이는 운해는 차를 세우게 한다. 사진을 몇 장 찍고…

일부는 회룡포로, 일부는 인근을 돌아보고 12시에 용궁역 앞 단골식당에서 만나 순대국을 먹기로 했다. 우리는 초간정과 금당실 소나무숲을 들러보았다. 초간정은 조선 선조 15년 우리나라 최초의 백과사전인 《대동운부군옥》의 저자인 초간 권문해 선생의 유덕을 기리기 위해 현손이 세운 정자인데 울창한 수림과 개천의 절벽이 조화를 이뤄 절경을 만들었다. 출렁다리가 있어 잠시 동심으로 돌아가 보고….

용문면 소재지에 있는 금당실 마을은 정감록에 조선 태조가 도읍지로 정하려고 했던 십승지중의 하나로 고인돌 무덤과 금곡서원, 800미터에 이르는 노송 숲이 있다. 고인돌과 전통마을은 보지 못했다.

단골식당을 찾아왔다. 멀지 않은 곳에 용궁역과 역 앞에 용 모형이 보인다. 단골식당의 짚불 냄새가 나는 오징어 불고기를 안주로 막걸리 잔이 돌아가고, 별주부전에서 따온 용궁면의 '토끼간' 빵을 한 개씩 먹어본다. 회룡포를 돌아본 얘기들이 오가고….

이제 헤어질 시간이다. 아쉬운 이별, 다음 만남을 기약한다. 겨울에 홍훈식 총무가 근무하는 보령으로 가기로 했다. 모일 자리에 불러주고 와 주는 사람들이여 행복할지라.

빠지지 말고, 삐지지 말고, 따지지 말고 또 만나길 바라며. 건강하고 행복한 모습으로….

귀경길에 차안에서 노사연의 '바램' 을 들었다.

"우린 늙어 가는 것이 아니라 조금씩 익어가는 겁니다."

나이 들어가는 우리의 삶을 맛나게 익어가는 과일이라며 위로한다. 호소력 있는 목소리만큼 가사가 공감이 간다.

에필로그

오늘도 행복을 가꾸며

참으로 고마운 일이다. 살아가면서 세상의 모든 것이 행복을 줄 수 있고 고마운 일이라는 것을 느끼곤 한다.

잠에서 깨어나면 새로운 아침이 있다는 것은 얼마나 큰 축복인가. 내가 원하는 대로 되지 않는 일이 있어 얼마나 다행인가. 내가 교만의 덫에 걸리지 않을 수 있으니 이 또한 감사할 일이다.

찰스 디킨스의 〈크리스마스 캐럴〉에 스크루지 영감의 점원인 크래칫이 크리스마스 이브날 가족과 함께 하는 기도가 생각난다.

"하느님 감사합니다. 올해도 온 가족이 함께할 수 있게 되었습니다."

기도 끝에 이렇게 말한다.

"나는 나에게 일을 준 스크루지 사장님께 고마워해야만 합니다. 이 일이 우리에게 먹을 것과 살 집을 제공합니다. 당신에게 하느님의 가호가 함께 하길 바랍니다. 스크루지 님."

나는 이 크래칫의 일자리를 마련해 준 스크루지에 대한 감사의 마음으로 내게 일자리를 준 한국전력공사를 정말 고맙게 생각한다. 게다가 어디 내놓아도 손색이 없는 자랑스런 나의 직장이었고, 삶의 터전이었으며, 인생의 전부를 배운 수련장이었다.

나는 한국전력공사에서 기쁨과 보람을 누렸고, 어떤 때는 인생의 쓴 맛도 보았다. 이 책은 행복을 주제로 하는 만큼 회사와 관련된 얘기가 많지 않지만 내가 한국전력공사에 다니지 않았다면 이 책을 쓸 수 없었을 것이다. 나의 행복의 기반에는 한전의 기업문화, 인간존중과 배려의 정신이 있다고 생각한다.

나는 이 책에서 행복하게 사는 삶의 모습을 보여드렸다. 행복을 가꾸기 위한 행복선서, 행복헌장을 소개해 드렸다.

독자 여러분께서도 매일 아침 행복을 위한 각자의 리추얼을 만들어 실천하면서 행복한 삶을 확실히 지켜 가시길 바란다.

행복고수가 되는 길은 간단하다. 주변의 행복을 찾고 소소한 행복을 만들어 가는 일이다.

누구나 행복고수가 되길 기원한다. 행복고수가 되는 길은 행복을 선택하고 행복고수라고 선언하면 행복고수가 될 수 있다.

행복은 비교나 평가가 불가능해서 행복고수 자격증을 발행하는 기관은 없다.

스스로 행복고수 자격증을 발행하면 된다.

이 글을 쓰는 동안 격려해 주시고 도움 말씀을 해 주신 장기현 선배님과 부족한 원고를 갈고 다듬어 이 책을 만들어 주신 한누리미디어 김재엽 사장님께 감사드린다.

더불어 틈틈이 교정을 봐준 나의 아내 '웃음가득' 과 고등학교 동창 정인숙, 회사의 임철환 팀장과 안동화 대리, 뫼스랑 모임의 박인서 총무에게 진심으로 고마운 마음을 전하고 싶다.

무엇보다도 이 책을 읽어주실 독자들께 정중히 허리 숙여 인사를 올린다.

2015년 12월

내 고향 연천에서 행복고수 김 봉 길

김봉길 수필집

행복고수가 사는 세상

•

지은이 / 김봉길

발행인 / 김재엽

발행처 / 한누리미디어

디자인 / 지선숙

•

121-840, 서울시 마포구 잔다리로 35, 2층(서교동, 서운빌딩)

전화 / (02)379-4514, 379-4519

Fax / (02)379-4516

E-mail/hannury2003@hanmail.net

•

신고번호 / 제300-2006-61호

등록일 / 1993. 11. 4

•

초판 1쇄 발행일 / 2015년 12월 5일

초판 2쇄 발행일 / 2015년 12월 21일

•

•

값 13,000원

•

•

ISBN 978-89-7969-701-8 03810